KB058282

같은 시간에
우린 어쩌면

여행 후에 오는 것들

같은 시간에　　변종모 에세이　　우린 어쩌면

시공사

좋은 것을 생각하면
좋아지는 마음.

여행한다는 것은
행복한 마음으로 불안과 부딪히는 일.

산다는 것은
불안과 행복의 경계를 허물어 나가는 일.

결국,
모든 것은 행복을 전제로 나머지를 용서하는 일.

여행과 생활의 경계를 허무는 일
그것으로부터의 시작

삶이란 자신의 주변을 맴도는 일이다. 그것을 벗어나 더 나아지기 위해 잠시 여행을 해도 크게 나아지지 않는다. 돌아온 자리에서 여행의 기억들을 떠올릴 여유가 없다면 말이다. 자주 여행을 했지만 여행을 추억하지 못했다. 우리에게는 늘 현재만 중요했으므로 과거는 지나간 시간으로만 여겼으므로.

먼 여행에서 돌아왔을 때 나는 자주 허무했다. 새롭게 일상으로 들어온 내가 낯설고 다시는 그곳으로 갈 수 없을 것 같은 불안과 동시에, 현재를 어떤 식으로 지켜내야 하는지 막막한 마음에 자주 허무했다. 늘 버릇처럼 여행을 좋아한다고 했지만, 여행 후의 일들에 대해서는 비밀처럼 묵언했다. 여행에서 좋았던 일들, 그곳에서 다짐했던 기억들을 돌아온 자리에서 꺼내는 방법을 몰랐다. 여행은 기억 속에서만 유효한 것이었다. 그것은 공간의 차이가 아니라 생각의 차이라는 것을 늦게 알았다. 여행과 생활이 별개라는 생각 때문이었다. 하지만 누군가 내게 여행을 왜 가냐고 다시 묻는다면 이제야 겨우 말할 수 있을 것 같다. 내가 느끼는 대부분의 좋은 것들은 여행에서 가져왔기 때문이라고. 그래서 그 기억들이 살아가는 힘이 된다고. 그것이 아름답거나 아름답지 못할지라도. 모든 길 위에서 일어나는 일들은 크게 다르지 않으므로, 여행도 현재를 살아가는 일이므로.

기억을 먹고살기에는 너무 팍팍한 세상이라 말하지 말아야 했다. 우리는 이 팍팍한 세상 속에서 그나마 남아 있는 기억으로 미래의 나침반을 보듯 위로하며 걷는 일을 보통의 일로 여겨야 한다. 모든 것이 나의 역사며, 지금의 일들도 모두 아름다운 추억이 될 사소한 미래가 될 것이니까.

여행에서 만들었던 행복한 기억을 일상으로 끌어와 여행과 생활, 그 경계를 허문다면 우리는 오래도록 여행하듯 살 수 있지 않을까? 그래서 생활의 팍팍함을 여행의 기억으로 치유하고 힘을 얻는다면 얼마나 좋을까? 여행과 생활은 별반 차이가 없다. 어차피 모든 것은 삶이라는 큰 지구에, 갈래갈래 찢어진 수만 개의 길이라는 하루하루가 모여 만들어지는 것이니까.

책상에서 배울 수 없었던 많은 것. 어느 날 문득, 잃어버린 기억을 되찾듯 지나간 아름다운 시간들을 현재에 빌려 쓰는 것이 소박한 행복임을 느낀다. 지금의 자리가 불안해서가 아니다. 그날의 그곳이 아름다웠던 일로 기억되기 때문이다. 우리는 자주 비틀대며 걷지만 한 번도 심하게 넘어졌거나 주저앉은 적은 없다. 만약 누군가 그랬다 하더라도 그가 살아낸 시간 속에 가장 빛나던 것을 떠올려 보면 머지않아 좀 더 나은 모습으로 재생되리라 믿는다. 좋은 것을 생각하면 좋아지는 것처럼, 그렇게 좋았던 기억들을 유용하게 꺼내 쓸 수 있도록 연습이 필요하다.

지금부터 어느 여행자가 들려주는 이 사소한 이야기가 당신의 좋았던 기억을 부추겼으면 좋겠다. 여행을 가도, 가지 않아도 삶은 충분하지만 나는 여행에 박수를 보낸다. 당신이 본 것에 대해서 당신이 생각하는 대로 살아질 것이므로. 그것은 타인에게 아무것도 아닐 수 있으나 때로는 나에게 전부이므로. 어느 날 잠들기 전 문득 지나온 길 위의 작은 추억들을 데려와 포근히 덮을 수 있다면, 그것이 힘이 되어 새로운 아침을 맞는다면 당신은 분명 좋은 여행을 한 것이다. 앞으로 당신에게 펼쳐질 팍팍한 생활에 잠시 그것을 떠올릴 수 있다면 당신의 하루는 얼마나 아름답겠는가. 또 당신은 얼마나 행복한 사람이겠는가.

하루는
이틀의 절반이 아니라
일생의 전부다.

그래서 우리는

하루를 일생처럼 살아야 한다.
끝내 일생은
긴 하루 정도니까.

Daybreak

새벽은
어두운 쪽에
가깝다

창문이 떨리는 소리에 눈을 떴다.

수증기가 맺힌 유리에 가로등 불빛이 물방울을 따라 흘러내리고 있었다. 어둠이다. 아직 하늘이 열리지 않은 새벽이다. 창문 유리에 이마를 대고 그 아래를 바라보니, 새벽 가로등 밑으로 바쁜 걸음의 사내가 있었다. 이마가 차가웠다. 모두가 잠든 시간에 커다란 배낭을 메고 뛰듯 걷는 남자는 마치 어둠을 열심히 짊어 날라 아침을 오게 하려는 것처럼 다급하다.

새벽, 부지런한 시간이다. 시작이 오기 전의 시작. 물기 묻은 이마를 닦아 내도 정신을 차리기에는 어두운 시간이다. 그 부지런을 지켜보며 불안해지는 마음을 달랜다. 나는 여행자니까. 불안해할 것 없는 여행자니까. 불안을 짊어지고 먼 길 떠났으나 불안해할 것 없는 여행자다. 원래 어둠은 따뜻하지 않고, 원래 여행자는 불안이 곧 생활이 아니던가. 그는 떠나는 것일까? 돌아가는 것일까? 서리가 낀 창문에 호호 입김을 더하며 그 남자를 지운다. 아직 돌아가야 할 때가 아니다. 돌아가기엔 너무 이른 시간이다. 그렇게 생각하며 메이단공원 끝으로 사라지는 남자를 시켜본다.

남은 어둠을 덮고 불안을 잠재워도 좋을 시간. 새벽이다. 바람이 심하게 불던 터키의 북쪽, 흑해를 품은 트라브존의 새벽 네 시.

·

명확하지 않은 어떤 꿈을 꾸다가 눈을 떴다.

아니다. 툭, 하고 뭔가 떨어지는 소리에 잠을 깼다. 아무것도 보이지 않는다. 이른 새벽일 것이다. 북한산 쪽에서 불어오는 바람만 느껴질 뿐 뒤뜰로 난 창문에는 어둠만 가득하다. 무슨 꿈이었을까? 무슨 소리였을까? 가끔 듣는 둔탁한 소리에도 면역되지 않은 예민함, 어둠이 걷히지 않은 새벽이다. 어쩌면 꿈이 아니라 앞집에서 신문이 문 위로 넘어간 소리였을 것이다. 가끔 들으면서도 이렇게 늘 의문인 것은 예상하지 못한 시간 때문이다. 부지런한 사람들의 하루가 시작되는 시간. 새벽이면 자주 그런 꿈이

나 생각에 사로잡혀 뭔가 시작하고 싶어진다. 부지런한 사람들이 나를 깨우고 사라지면, 나는 너무 많이 남아 있는 하루가 부담스러웠다. 그 고요의 시간에 어둠 속으로 공허하게 눈을 맞추고 있노라면, 어둠에 짓눌려 영원히 실명할 것 같아 발가락이라도 움직여 보려 애를 썼다. 새벽은 어둠 쪽에 가깝다. 나와 상관없는 어둠. 너무 부지런하지 말아야지. 조금 덜 부지런해야지. 나는 오래오래 여행하듯 살 거니까. 급할 것 없으니까. 불안을 이불처럼 덮고 사는 여행자니까. 다시 이불을 끌어당긴다.

새벽이다. 아무래도 밤에 가까운 새벽이다. 고요하고 낮은 성북동, 낡은 골목의 앞집 신문이 담을 넘는 새벽 네 시.

똑같은 고민에 대한 각자의 방식

눈 뜨면 제일 먼저 보는 게 너라니, 다행이다

자다가 이유 없이 눈을 떠 보면, 그럴 때가 있다. 가령 누군가가 나 몰래 다녀간 것 같은 느낌. 아니면 정말 이 공간에 나 혼자일까, 하는 의문이 들거나. 마치 누군가가 나를 흔들어 깨운 것 같은 착각. 그럴 때가 있었다.

낯선 곳일수록 일찍 눈이 떠졌다. 지금 살고 있는 이 집에서도 익숙해지기 전까지 늘 비슷한 이른 시간에 눈을 떴다. 눈을 뜨면 항상 다섯 시 언저리였다. 멀리 떠나면 멀리 떠날수록 그랬고 어디를 가든지 그랬다. 그곳이 익숙해지기 전까지는 늘 불안과 동침하다 눈을 뜬다. 그렇게 만나게 되는 새벽 다섯 시는 확신하기에는 희미하고, 지나치기에는 너무 명백한 시간들이었다. 그때마다 희미한 다섯 시다. 그 희미한 시간, 혼자라는 것을 안다. 눈을 뜨면 제일 먼저 보이는 천장이 전부다. 매번 삶이라는 가위에 눌리듯 자리를 쉽게 털지 못한다. 그럴 때면 누운 채로 천장에 지도를 그린다. 네 귀퉁이 중 어느 하나가 출발점이 되어 국경을 그리다 보면 어느새 바람이 불었다.

커튼 끝자락이 얼굴 위로 지나가고 새벽 새가 울었다. 해가 드리우기 시작하는 계절도 있었고, 계속 어둠만 지키던 땅도 있었다. 어느 열대지방의 천장에 겨울 나라들의 국경을 긋다가 닭 울음을 들었던 적도 있었다. 북으로 가는 기차역 대합실 천장에는 다 그려 보지도 못하고 밀려오는 사람들의 발자국 소리에 그 가상의 국경이 지워져 버리기도 했다. 그렇게 자주 눈을 뜨는 불분명한 새벽 다섯 시면 지도를 그리면서 공백의 시간을 메운다. 계획한다. 그날을 그린다. 당신이 꿈을 꾸는 그 시간에 나는 당신과 함께할 꿈의 지도를 그린다. 자주 지도를 그린다.

·

아르메니아 예레반, 바깥이 어깨 근처로 당겨져 오는 것만 같은 기분에 눈을 떴다. 찬 공기가 코끝을 맴돌고 있었다. 나는 미동도 없이 침대 가운데에서 꼼짝 않고 잠을 청하는데 한뎃잠을 자 듯 새벽이 바싹 당겨져 왔다. 온기라고는 없는 새벽 공기에 입김을 불며 천장을 바라봤다. 부실한 천장은 위태롭고, 밖은 어두웠

고, 머리는 얼음처럼 날카롭게 아팠다. 정신을 차리고 보니 혼자였다. 분명, 잠들기 전에 혼자가 아니었는데 눈을 떠 보니 혼자였다. 꿈인지 아닌지 확신할 수 없는 시간이었지만, 중요한 것은 처음부터 나는 누구와도 함께하지는 않았다는 것이다. 다섯 시에 출발하는 기차의 기적 소리가 먼 곳으로부터 희미하게 들려왔다.

전날 일본인 여행자와 나, 단둘만이 작은 도미토리에서 늦은 밤까지 마주하고 있었다. 여행자가 드물어 여행하기는 좋지 않은 계절이었지만, 그것이 오히려 편하다는 화두로 며칠 만에 겨우 말문을 뗐다. 나는 조지아의 어느 숙소에서 이곳을 소개받았고, 그는 다른 일본인 여행자로부터 소개받았다고 했다. 이유는 하나다. 하룻밤에 삼 달러. 가격이 싸다는 이유로 우리는 그 겨울의 숙소에서 당연하듯 인사했다. 그는 나보다 야위었고 야윈 얼굴의 절반을 검은 수염으로 가리고 있었다. 며칠 먼저 와 있던 그가 여기서 얼마나 지낼 것이냐 물었고 나는 불확실하다고 말했다. 집을 떠나 온 지 일 년이 훨씬 넘었다는 그에게 앞으로 얼마나 더 여행을 할 거냐 물었고 그 역시 불확실하다고 말했다. 우리는 그렇게 불확실한 것들을 주고받았다. 침대를 하나씩 차지하고 남은 가운데 침대에 술병을 등불처럼 놓았다. 말갛고 진한 보드카로 그 검은 수염의 얼굴이 붉게 번져갈 쯤, 그는 배낭 속에서 노트 한 권을 꺼냈다. 일본어를 읽을 줄도 아느냐고 묻는 그에게, 전부는 알 수 없을 거라 말하고 노트를 들여다봤다. 그가 여행을 떠나기 전, 직장을 그만두고 나서부터 적었던 메모였다. 누구나 한 번쯤은 오랜 여행을 계획하는 여행자가 가질 수 있는, 그런 문장이나 낱말 들이었다. 필체가 흔들린 건지 보드카가 내 초점을 흔든 건지 모르겠지만, 그 낱말들이 나의 마음을 흔들었다. 잠자고 있던 불안이 다시 일렁이기 시작했다. 불분명한 미래. 그 말이 가장 크게 보였다. 그리고 그는 술을 따르듯 쿨렁쿨렁 이야기를 쏟아냈다. 그 모습은 마치 허허벌판 인적 드문 어느 낯선 곳을 여러 날 걷다가 겨우 사람을 마주치게 된 반가움처럼, 급하고 과했다.

불분명한 미래 때문에 직장을 그만뒀는데 여행을 가려고 배낭을 싸니 그 미래가 더욱 암흑이었다고. 길 위에 올라 보니 차라리 여행을 떠나기 전이 더 행복했는지 모른다고. 하지만 이 여행도 멈출 수가 없다고. 그 말을 들으니, 모두 엉망처럼 느껴졌다. 나의 마음 한구석이 또 그렇게 진창이 되고 있었다. 무슨 말인지 알 것 같았다. 그가 설명하지 않아도 무슨 말인지 알 것 같았다. 그도 나도 항상 오늘보다 먼 미래가 더 중요했기 때문이었다. 불분명한 미래 때문에 새로운 것을 계획하고자 여행을 결정했는데도, 항상 시작도 전에 끝을 먼저 생각하는 버릇은 숙명처럼 찾아왔다. 길 위에 서 있는 그 순간까지도. 하지만 모두가 안다. 내 삶이 가장 중요하므로, 내 삶을 함부로 방치하고 싶지 않으므로, 자신 앞에 놓인 일들에 대해서 그 누구보다 신중할 것이므로, 그러니까 끝내 배낭을 메고 마는 것이다. 우리는 똑같은 고민을 하며 걷는구나, 생각했다. 그 똑같은 고민에 각자의 방식이 있을 뿐.

그 밤, 우리는 불확실한 것들에 대한 아무런 답도 없이 그저 술잔만 몇 번 더 부딪히는 걸로 족했다. 어쩌면 각자가 답을 알기에 그저 타인에게서 위로만 받고 싶었는지도 모른다. 그때 우리는 지금보다 어렸고, 지금보다 위태로웠으므로. 그렇게 동지 의식이 유일한 안주인 술자리였다. 결론도 없고 답도 없던 캄캄한 밤. 어떤 말로도 위로되지 못할 때가 있다. 불콰해진 가슴이 두근거렸다. 나는 눈을 감으며 그에게서 들은 이야기를 지워버리려 애썼다.

"그래도 이 정도면 괜찮아. 일단 길 위에 서서 걷기 시작했으니까. 오늘, 오늘이 가장 중요하고 지금, 지금이 가장 중요하니까."

●

눈 떠 보니 다시 내 방 하얀 천장, 홀로 남은 새벽. 휑한 천장을 바라보는데 갑자기 오래전 그가 생각났다. 휘청거리던 그 여행자의 말들을 지도 대신 그려 본다.

불분명한 미래.

눈으로 천장에 그렇게 써 놓고 보니 역시 그 단어는 나의 것이 아니었으면 좋겠다는 생각이 든다. 이른 새벽, 인사 없이 떠난 그는 여행을 끝냈을까? 아니면 아직도 어느 길 위에서 서성거리고 있을까? 어쩌면 영원히 돌아가지 못하고 있는 건 아닐까? 어떤 말로도 위로해 주지 못했던 그 밤과 그가 바닥보다 차가운 천장을 남기고 떠난 새벽이 지금 내 방 천장의 모서리에 걸렸다.

여행도, 생활도 우리는 그 어떤 미래도 확인하며 살아갈 수 없다. 불분명한 미래는 시간이 지나도 사라지지 않는다. 누구에게나 평등하게 주어진 그 불분명을 근거로 삼아 하루하루를 어떻게 밝히며 사느냐는 각자의 몫이니까.

지켜야 할 것이 별로 없었다. 그래서 자주 배낭을 멨다. 왜 그렇게 자주 떠나느냐고 묻는 사람들에게 왜 아무도 잡아주지 않느냐고 어리석게 묻고 싶던 날도 있었다. 나를 아끼던 많은 사람이 여행에서 돌아왔을 때 달라져 있을 나의 자리와 환경에 대해서 걱정하던 시절이었다. 다녀와서의 일, 그것도 여행에 포함시켜야 한다.

나는 여행에서 돌아왔을 때 여행이 끝났다고 생각한 적은 한 번도 없었다. 여전히 삶은 여행처럼 불안하고, 여행처럼 자주 휘청거렸기 때문에. 지금의 모든 일이 삶에 포함되어 있듯이, 여행도 그 삶 중에 하루이므로. 그렇게 나선 길 위에서 체험한 모든 일을 나침반으로 삼아 돌아온 자리에서도 길을 잃지 않는다면, 조금도 헛되지 않을 것이다. 그러면 됐다, 하고 생각하며 불안한 마음을 스스로 위로했다. 내 자리가 사라졌으면 한밤중에 숙소를 구하듯 열심히 찾아다니고, 남들보다 뒤처졌으면 먼저 걷는 사람들을 보며 방향을 정할 것이다. 그 모든 것이 여행에 포함되어 있다. 여행의 끝은 다음 여행 때까지가 아니라 살아 있는 동안까지이므로.

오늘도 다섯 시. 또 희미한 다섯 시와 인사한다. 아직은 여행이 더 익숙한 시간이라 당분간 다섯 시를 조금 더 자주 만나더라도 아직 다가오지도 않은 내일에 대해서 생각하지 않기로 했다. 그저 그날을 기억해내며 꼼꼼히 하루하루를 걸을 것이다.

나에게 만약 누군가가 저 천장을 함께 바라봐 주는 날이 온다면, 그때쯤이면 저 천장에 지도를 그리지 않아도 될 것이다. 그리고 나는 이렇게 말할 것이다.

네가 늦게 나타난 덕분에 나는 아주 먼 길을 걸어 봤다고. 그래서 다행이라고.

Armenia,
Yerevan

예레반에서 가장 낡고 가장 험하고 가장 불편한 숙소 찾기. 예레반 중앙역에서 내리면
역을 등지고 왼쪽 골목으로 걸어간다. 그리고 만나는 사람들에게 물어 본다. '리다 할
머니 댁'이 어디인지. 어느 일본인 여행자가 이곳에서 자면서 시작된 게스트 하우스
다. 이곳에는 샤워 시설이 없어서 근처 대중 목욕탕에서 샤워해야 하고 인터넷은 욕심
이다. 한겨울에 도착한다면 그곳이 바깥인지 실내인지 구분이 안 될 수도 있다. 그런
데도 왜 가야 하느냐면 할머니가 계시기 때문. 그리고 대부분의 여행자가 자세하게 써
놓은 방명록 때문이다. 저렴하게 여행하는 모든 여행자의 노하우와 꼭 가야 할 곳과
때로 가서는 안 될 업소(?)까지도 자세하게 적어 놓았다. 그 낡은 노트 안에는 지친 당
신의 처지와 비슷한 사람들이 당신에게 들려주는 위로의 말들도 함께 있다. 매일 아침
할머니의 미소와 함께 소박한 커피 한 잔으로 시작되는 그 숙소의 기억이 아르메니아
의 그 어떤 풍경보다도 훌륭하다. 그래서 한 번쯤은 당신도 그곳에서 지내 보길 바란
다. 몇 년 전이었지만 하룻밤에 3천 원이었다.

지나간다

힘든 그 모든 것은
반드시 지나간다

그러나
지나가는 동안
그 모든 것을 오롯이 겪어야 한다

자신 있는 자신

태어나는 것은 계획이지만
소멸되는 것은 순간이다

그것은
본인의 의지가 아니지만
본인의 걸음으로 걷게 된다
누구도 대신 걸어 주지 않는다

다만, 함께한다는 착각은 있을 수 있다
그러니까
모든 것은 오로지 자신 있는 자신뿐이다
소멸되는 순간까지

결심을 하기는 새벽이 낫다

나는 결국 너를 보지 못했다.

그 생각을 하면서 새벽, 양치질을 하다가 울컥, 헛구역질이 났다. 닦는 입 안은 화하고 개운한데, 아픈 자리가 긁힌 듯 마음은 움찔하다. 바닥에 깔린 똑같은 무늬의 타일이 순간 하나로 뭉쳐졌다가 다시 잘게 쪼개졌다. 어지럽다. 한 평이 채 되지 않는 욕실에 쭈그리고 앉아 계속 양치질을 한다. 인적 없는 골목에 봄바람이 휑뎅그렁한 게 겨울의 것같이 분다. 어둠의 얼룩이 남아 있는 마당을 등지고 양치질을 한다. 아마도 잠을 계속 이어 가지는 못할 것이다.

후배가 멀리 여행을 떠난다고 했던 아침이다. 남의 여행에 내 마음이 쓰라려 더 이상 잠을 자지 못하고 이를 닦는다. 후배

를 배웅하러 갈지 말지, 결정하지 못하고 있다. 결정은 무언가를 꺾어야 하는 것이고 결심은 그 꺾인 것을 뜨겁게 품어야 하는 것이라고 생각하니, 정신이 든다. 타일 위로 불규칙하게 떨어진 새하얀 거품이 그날 허무하게 거품처럼 날아오르던 새들의 환영 같다.

나는 그날, 시오세다리 위를 오래도록 서성였다.

·

내가 그 숙소에 처음 들어섰을 때, 여섯 개의 침대 중 너는 창가 자리를 차지하고 비스듬한 자세로 인사했다. 웃는 얼굴이었는지 무표정이었는지 기억나지 않는다. 다만, 비스듬히 기대앉아 명확하지 않은 얼굴로 인사했던 것 같다. 아마 너도 나만큼 수줍음이 많은 사람일 것 같았다. 부지런한 사람들이 자리를 비우고 나면 우리는 함께 늦은 여행을 시작했다. 소란스러운 에스파한의 외곽 공사장을 같이 비켜 걸었고, 메이단 에맘에서는 동쪽 출입구에서 각자 흩어졌다가, 서쪽 출입구에서 불현듯 만나기도 했다. 유치하지만, 그것이 이별이라면 너와의 첫 이별이었다. 하루에도 여러 차례 우리는 이별과 만남을 반복하면서 즐거웠다. 헤어졌다가 만나는 일이 늘 함께 있는 것보다 자연스러워서 좋았다. 너와 나, 누구도 온종일 함께한다는 것에 대해서 생각해 본

적 없는 여행자였으므로. 그렇게 며칠 동안 몇 번의 짧은 이별과 재회를 반복했다. 각자 여행하는 동안 자신이 간직한 사진을 보여주며 그것에 대해서 이야기할 때면, 나는 너에게 선물받은 기분을 느끼곤 했다. 너는 아무것도 하지 않았겠지만 나는 많은 것을 받았다. 그랬다. 자주 너의 침대에 나란히 걸터앉았고 자주 오늘에 대해서 이야기했으며 자주 내일의 계획을 들었다. 아니, 듣는 게 아니라 마치 보고받는 느낌이었다. 보고받는다는 것은 설명을 듣거나 이야기를 듣는 것과는 달랐기에 나는 그 특별한 느낌을 그렇게 이해했다.

너에게 떠나는 방향을 알려 준 건 나였다. 내가 다녀온 북쪽이 너무 멀기는 하지만 너도 내가 이 나라의 풍경에 처음 매료됐던 그곳을 본다면, 그 풍경 속에서 가만히 나처럼 서 있어 본다면 좋겠다고 생각했다. 네가 기억하겠다고 했을 때, 나도 다시 그쪽의 지도를 그려 보고 있었다. 함께 가 줄 수도 있다고 말했지만, 너는 그러지 말라고 했다. 그저 마지막으로 따뜻한 식사를 하자고 했다. 그것으로도 충분했다. 길 위에서 만난 사람과 식사한 적은 많지만 너의 제안은 특별하게 느껴졌다. 그날 새벽, 분명 너는 그렇게 말했다. 사람들이 아직 깨지 않은 침대 사이에 마주 서서, 너는 조용하고 나직하게 말했다.

"해 지는 시오세다리에서 만나요. 버스 시간까지는 여유롭게 저녁을 먹을 수 있을 거예요."

카운터에 배낭을 맡기고 에스파한의 마지막 여행을 나서는 너를 잡지 못했다. 내 머리 속에는 온통 해 지는 저녁, 시오세다리 라는 단어만 있었다. 그게 마지막일 줄은 몰랐다. 하루가 시오세 다리처럼 길게 느껴졌다. 아무것도 먹지 않고 온종일 해 지는 시 오세다리만 떠올렸다. 그러고 보니 함께 그곳을 간 적은 없었다.

차가운 바람 사이로 붉은 해가 지고 있었다. 에스파한 광장 에서 몰려나온 검은 차도르의 대모 행렬이 시오세다리를 가득 메우고, 그 위를 먹구름 같은 새 떼가 어지럽게 날고 있었다. 그 혼돈의 가운데를 오래 헤맸다. 결국 너를 보지 못했다. 해 지는 시오세다리에서 만나자는 말이 좋았는데, 인파에 묻혀 너를 찾 아내지 못하게 되리란 걸 예상하지 못했다. 붉은 해가 강 속으로 침몰하는 그 시간까지 나는 그 다리 위에서 몇 번을 서성였을까. 그게 마지막일 줄은 몰랐다. 알았다 하더라도 너의 뒷모습만 상 상했겠지만, 그래도 마지막이 될 줄은 몰랐다.

네가 떠나고 다시 새벽. 너의 배낭을 꾸려 주던 그 시간, 나 는 결정했어야 했다. 결심했어야 했다. 함께 가 줄 수 있다는 말 보다 함께 가자고 했어야 했다. 모든 게 후회되던 새벽. 빈 침대 를 보다가 양치질을 했다. 고요히 사람들이 잠든 어두컴컴한 숙 소의 작은 욕실에 앉아서 힘없는 양치질을 했다. 네가 혼자 떠난 것이 아니라 결국 내가 너를 따라가지 않은 것이라는 걸 알았다. 결정은 내가 아니라 네가 하는 거라 생각했다. 너의 친절에 무례

하지 말아야 한다고 생각했으므로. 우리는 각자의 방향을 가진 여행자라서 누구도 누구에게 부담을 줘서는 안 될 일이라 여겼으므로. 모두가 잠든 이른 새벽에 꾸역꾸역 양치질을 하고 있었다. 너를 마지막으로 본 그 새벽의 시간에, 너의 방향도 모르고 나의 방향도 알 수 없어서 그냥 차가운 물로 입안을 헹구는 일이 전부였다.

．

양치질을 하다가 문득 떠오른 추억 하나가 목구멍 깊숙이 걸려 구역질이 났다. 내가 나에게 화가 나서 몇 번의 헛구역질을 한다. 오늘, 나처럼 결정이 느리고 나처럼 결심을 두려워하는, 나를 닮은 후배를 만나러 가는 길. 며칠 전 후배는 먼 여행을 갈 거라고 했다. 여자 친구와 헤어지고, 아무것도 손에 잡히지 않는다는 후배를 나는 아무렇지 않게 위로했다. 잘 생각했다고. 그렇게 정처 없이 다니다가 어디 마음 걸리는 곳이 있으면, 그곳에 앉으라고. 그리고 네 마음을 건드리는 사람이라도 있으면 그렇게 또 따라가도 좋을 거라고. 너의 아픈 마음이 더 늦지 않게 다시 한 번 신선한 새벽바람을 맞아야 한다고.

형이 배웅해 주면 든든할 것 같다는 부탁의 말이 부끄러웠다. 오늘, 나는 또 후배의 배낭을 보면서 더 늦기 전에 잘 결심했다며 훌륭한 선배인 양 말하겠지. 나는 결정을 잘 하지 못하고 결심을 두려워하다가 이렇게 더디 산다고, 너의 지금이 가장 빠르다고 생각하라고 겸손한 척 말하겠지.

양치질이 끝났으니 이제 외출복으로 갈아입고 대문을 나서야 한다. 그러다가 또 망설인다. 남의 배낭에 내가 무슨 자격으로 조언을 넣을 것인가. 아무래도 나는 결정을 잘 못한다. 휴대전화를 꺼내서 문자를 보냈다.

「나는 결심했어! 네가 떠나는 걸 보지 않기로. 너는 너를 위해 가장 중요한 결정과 결심을 했을 테니 누구의 조언도 필요 없을 거야. 그리고 공항에는 원래 혼자 가야 제맛이지! 잘 다녀와. 환하고 건강한 얼굴로 다시 보자.」

떠나는 그대여! 당신은 인생의 가장 젊은 오늘, 떠난다. 그리고 다시 가장 젊은 모습으로 돌아올 것이다. 푸른 새벽보다 파랗고 비장한 당신의 결심이 함께하는데 무엇이 두려운가! 오늘의 가장 싱싱한 시간 지금, 새벽이다.

.

Iran,
Esfahan

.

파란 모스크의 아름다운 타일 장식이 빛나는 메이단 에맘Meidan Emam은 유네스코 세
계 문화 유산이다. 많은 여행자가 거대한 이 광장 앞에 서 보려고 에스파한을 찾지만
실은 광장의 그곳에 몰리는 군중에 압도된다. 이 광장은 집회나 행사의 장소로 유명하
다. 수많은 차도르의 행렬과 군집은 당신의 기억에 오래도록 남을 것이다. 그리고 광
장을 둘러싼 2층 구조의 아케이드들을 잇는 동서남북의 거대한 모스크들은 가히 세계
문화 유산이라고 불릴 만하다. 광장을 빠져나와 강 쪽으로 걷다 보면 33개의 아치로
되어 있는 시오세다리Si-o-Seh Bridge가 있다. 300m 정도 되는 이 다리는 해질녘 연인
의 장소가 되기도 하고 다리 아래 카페에서 물담배나 차를 즐기러 오는 사람들의 쉼터
가 되기도 한다. 도심의 강을 따라 카주다리Khaju Bridge, 추비다리Chubi Bridge가 있다.

에스파한은 묘한 사랑스러움이 있는 도시다. 강을 따라 걸으며 데이트를 즐기는 많은
연인이 그것을 증명한다. 이란만의 독특한 낭만을 느낄 수가 있다. 아주 오래되고 숭
고한 감정 말이다. 아직 이란을 가 보지 못했다면 꼭 추천하고 싶다. 이란에서 빼놓을
수 없는 아름다운 곳이다.

이별의 간격

사랑과 이별 사이
간격이 없다

생명이 죽음을 달고 살듯
사랑은 늘 이별을 달고 사는 것

사랑하는 동안
오로지 사랑으로 넓혀야 할
이별의 간격

마음을 끓이는 시간

싸늘한 늦가을 바람이 문틈 사이로 새어나오는 부엌에서 한참 동안 아무것도 못 하고 서 있다. 무엇을 먼저 해야 하는지 어떤 것을 나열해야 하는지. 혼자라는 인식을 별로 한 적 없이 혼자 잘 떠돌다가 오랜만에 돌아온 집. 새벽의 부엌에서 문득 혼자라 는 단어의 무게에 눌려 좁은 부엌이 더 침침하게 느껴진다. 사람 은, 결국 혼자 살아가는 것이라 늘 생각하면서도 정말 혼자되려 하지 않는 습성이 있어 친구를 만들고 가족을 만들어 그것에 자 신을 포함시키는 든든함으로 하루하루 버티는 것이리라. 그 힘 을 가슴속에 담고 걷는 자가 어디든 홀로 걸어도 비틀거리지 않 고 오래 걸을 것이다. 나 역시 그렇게 걸었을 것이다. 친구라는 이름표를 가슴속 안주머니에 깊이 넣고서.

．

친구의 소식을 들은 것은 한국을 떠나온 지 한 달이 훌쩍 넘어가
던 때였다. 그해 시애틀의 가을은 유난히 늦었다. 계절상 그때쯤
이면 여느 때처럼 바닷가 근처에 단풍이 붉게 물들고 비는 더 자
주 내렸어야 했다. 하지만 여름의 끝에서 멈춘 늦 단풍은 영글
지 못했고 비는 아침저녁으로만 간간이 내렸다. 어느 날은 바람
이 심하게 불어서 단풍이 채 들기도 전에 앙상해져 버린 나무들
이 곳곳에서 발견되기도 했다. 가을을 좋아하는 사람이 시애틀
에 왔다가 비를 더 사랑하게 될 것 같은, 그런 날씨였다. 가을도,
비도 우울에서 벗어나지 못하는 것이라 그런 시애틀과는 묘하게
잘 어울렸지만, 아무래도 더 깊은 가을을 느끼기에는 모든 것이
예전 같지 않았다. 그곳의 날씨도 나의 마음도 충분하지 못했다.

전날, 나는 한 통의 다급한 문자를 받았다. 그 문자 한 통에
모든 것이 낙엽처럼 다 털려 나가는 기분이었다. 모든 생각과 마
음이 시애틀을 떠나 버렸다. 친구가 위독했다.

미국으로 오기 전, 사소한 사건으로 친구에게 크게 섭섭해했
다. 본디 섭섭함이라는 게 커지기 시작하면 모든 것이 한쪽으로
흘러서 좋았던 대부분의 것도 함께 매몰되곤 한다. 더군다나 마
음에 담아 둔 것을 제때 꺼내지 못하고 그냥 흘려버리면 둘 사이
의 골은 더 깊어지게 마련이다. 하지만 끝내 말하지 않고 비행기

를 탔다. 고된 작업을 끝낸 친구에게 축하보다 나의 섭섭함을 먼저 피력하는 것은 예의가 아니라는 생각에서였다. 그냥 다음에 돌아와서 좋은 기회가 생기면 그때 말해도 되겠다는 생각과 여전히 이해되지 않은 서운함과 오해를 안고 미국 땅을 밟았다. 가까운 사이니까 시간이 지나면 자연스럽게 아무렇지 않은 듯 이해될 날도 오게 되겠지, 라는 막연함을 동반하고 도망치듯 벗어났다. 사실은 여행이라는 핑계로 껄끄러운 상황에 놓이기 싫었는지도 모른다.

그러던 어느 날, 친구에게서 메일이 왔다. 아무래도 나의 행동에서 이상한 느낌을 받았던 것이었다. 이미 나는 한국을 떠나왔고 메일로 대략적인 나의 마음에 대해 썼지만, 모든 것을 전하기는 힘드니 돌아가면 만나서 좋은 얼굴로 이야기하고 싶다고 했다. 왠지 얼굴을 보지 않고 전화나 메일로 나의 마음을 전하기는 힘들 것 같았다. 사실은 그곳까지 와서 심각하게 고민하고 싶지 않은 마음이 더 크기도 했다.

그리고 어느 밤, 다른 친구에게 소식이 왔다. 멀리 있는 나에게 알리지 않으려 했지만, 그 친구의 건강 상태가 너무 좋지 않아서 이렇게 전하게 되었다고. 벼락처럼 갑작스러웠고 천둥처럼 무서웠다. 무거운 가을비가 창문을 두드렸다. 내가 막 늦은 잠에서 깨어났을 때쯤 친구는 깊은 밤 응급실로 실려 갔을 것이다. 친구의 곁에는 누가 있을까? 부모님도 안 계시고 형제들과도 멀리 떨어져 사는 친구의 병실에는 누가 함께 있을까? 같은 시간을 살면서도 정반대로 흘러가는 그곳의 밤과 이곳의 아침. 비 내리던 그 아침은, 공포마저 느끼지 못했을 친구의 싸늘한 밤과 나의 혼란한 마음이 영원히 겹쳐질 수 없는 시간같이 느껴졌다. 가장 빨리 갈 수 있는 티켓은 나흘 뒤였다.

동이 터 오는 7시. 짐을 꾸리기에는 이른 시간이었지만, 가만히 앉아 있기도 불안한 시간이었다. 그 무렵 하루도 거르지 않고 비가 내렸다. 친구가 비를 좋아했는지 아닌지 기억도 잘 나지 않았다. 비슷한 것이 많아 더욱 살가웠던 우리가, 어느 날 각자의 섭섭함으로 이렇게 멀리 떨어져 그리움과 걱정만 더했다.

KE020편 시애틀 발, 인천공항 도착, 예상 비행 시간 열두 시간. 안전벨트를 매고 나니 더 조바심이 났다. 계획보다 한 달 먼저 귀국하는 비행기 안에서 어떤 기시감을 느꼈지만 아닐 거라 확신하고 눈을 감았다. 친구가 내게 했던 많은 말, 힘든 시절 자주 만나서 서로에게 힘을 주던 많은 일이 이름도 알 수 없는 낯선 상공에 떠올랐다. 나의 섭섭함이 지난 과거의 모든 관계를 흔들 만큼 대단한 것이었을까? 잠이 오지 않았고 깊은 생각을 할 수도 없었다. 다만, 나도 친구의 다른 친구들 중 한 명이 되어 곁에 있고 싶다는 생각만 있었다.

거의 두 달 만에 돌아온 한국은 시애틀보다 깊은 가을이었다. 온통 어둠에 덮여 있었지만 공기가 그랬고 기분이 그랬다.

연세대학교 세브란스병원 광혜관 3층 3056호. 친구는 그곳에 누워 있었다. 내가 떠나기 전과 전혀 다른 야윈 얼굴에 인공호흡기를 달고 커다랗게 뜬 눈으로 천장을 바라보며 누워 있었다. 크게 숨을 쉴 수도, 말을 잘 할 수도 없는 친구가 낯설었다. 간병인이 잠시 자리를 비워줬고 먼저 온 다른 친구들과도 오랜만에 인사를 했다. 아픈 친구의 얼굴을 똑바로 보지도, 곁눈으로 오래 보지도 못했다. 그렇게 잠시 낯설었지만 친구는 아무것도 아닌 오해라며 내게 미안하다는 사과까지 힘겹게 전했다. 그 고요한 병실에서 가장 큰 것은 야윈 친구의 진심이었고, 그 적막한 병실에서 가장 작은 것은 그것을 또 아무렇지 않게 받아들이는 나의 염치였다.

친한 친구는 말없이도 상대방의 마음을 헤아릴 줄 아는 사이가 아니라 어떤 말이라도 쉽게 나누고 공유할 수 있는 부담 없는 사이다. 그렇다. 그랬어야 했다. 어느 누가 말하지도 않았는데 알아차릴 것인가? 먼저 말했어야 했다. 친구에게 바라는 마음이 너무 컸다. 말하지 않아도 모든 것을 알 거라고 아둔하게 생각했다. 정작 나는 친구가 그렇게 힘든 작업을 하면서 병을 키워 왔는지에 대해서는 생각도 못했으면서.

자주 여행을 떠났다. 자주 친구들을 떠났고 가족을 떠나서 많은 사람을 만나려 했다. 그렇게 많은 것을 보고 많은 것을 만나면 많은 것을 이해하게 될 줄 알았다. 하지만 이제야 겨우 알

것 같다. 아무리 멀리 여행을 간다고 해도, 아무리 많은 사람을 만난다고 해도 내 곁의 소중한 것들을 자세히 보지 않으면 세상의 무엇도, 아무것도 볼 수 없다는 것을. 나는 여행 내내 불편한 마음을 숨기고 낯선 곳에서 낯선 나와 동행했던 것이다.

그렇게 우리의 오해가 풀어지는 며칠 사이에 친구의 병색이 많이 호전되어 갔다. 다행이고, 다행이었다.

"네가 끓여 주는 굴 미역국 먹고 싶어. 싱싱한 굴을 넣고 시원하게 끓여 주는 너의 미역국이 먹고 싶어."

"너는 아파서 곧 죽게 생겨도 원하는 것은 참 구체적으로 말하는구나."

그렇게 대답하고 나는 웃었다. 고마웠다, 그 말이. 원하는 것을 알아서 기뻤고 해 줄 수 있는 게 생겨서 고마웠다.

동이 터오는 일곱 시. 아직 시간이 많이 남았지만 부엌에서 서성였다. 병실에 누워 있는 친구의 야윈 얼굴을 생각하며 온기 없는 좁은 부엌을 서성였다. 오래 집을 비웠던 탓에 가스불도 제대로 일어나지 않았다. 잠시 여기가 나의 집이 아니라 어느 여행지라는 생각마저 들 정도였다. 달군 냄비에 참기름을 듬뿍 두르고 다진 마늘과 싱싱한 굴을 넣고 볶았다. 그리고 불려 두었던 미역을 적당한 크기로 썰어서 물을 붓고 약간의 소금으로 간을 했다. 열두 시 점심시간 전에 도착하기로 했다. 그냥 단번에 후루룩 끓여서 가지고 간다면 병원까지 한 시간도 안 걸리는 거리지만 그래서는 안 될 것 같았다. 나는 적어도 서너 시간 간격을 두고 서서히 끓여서 사골 국물처럼 우려낸 뽀얀 미역국을 좋아한다. 내가 좋아하는 것을 친구도 좋아할 테니, 오래오래 불 앞을 지켰다. 이건 의리도 아니고 도리도 아니다. 의무다. 친구라는 단어가 가져야 할 의무. 때로는 그런 의무가 있어야 한다. 무조건이라는 의무, 말이다.

늦은 가을, 친구가 퇴원하기 전 병실 창가 너머로 이른 봄의 개나리 같은 노란 단풍이 흐드러졌다. 연세대학교로 이어지는 그 공간이 온통 노랗게 물들어 마치 이국의 땅에 다시 들어선 느낌이었다. 그날이 원래 시애틀에서 돌아오기로 계획한 날이었던 것 같다. 나는 불안한 마음으로 계속 시애틀에 있었더라면 이렇게 아름다운 단풍도, 다시 예전처럼 밝아진 친구의 얼굴도 보지 못했으리라.

생각해 본다.

오랜 친구보다 여행이 더 좋을 수가 있을까? 잠시 새로운 기분이 되어 낯선 곳을 걸을 수는 있겠지만 그 기분이 얼마나 오래 가겠는가? 그렇게 만나는 새로운 풍경들이 아무리 아름다워도 오랜 친구와의 시간보다 아름답지는 못했을 것이다. 내가 만난 세상의 그 어떤 풍경도 나와 친구의 풍경만큼 오래되진 않았을 것이므로.

•
U.S.A,
Seattle
•

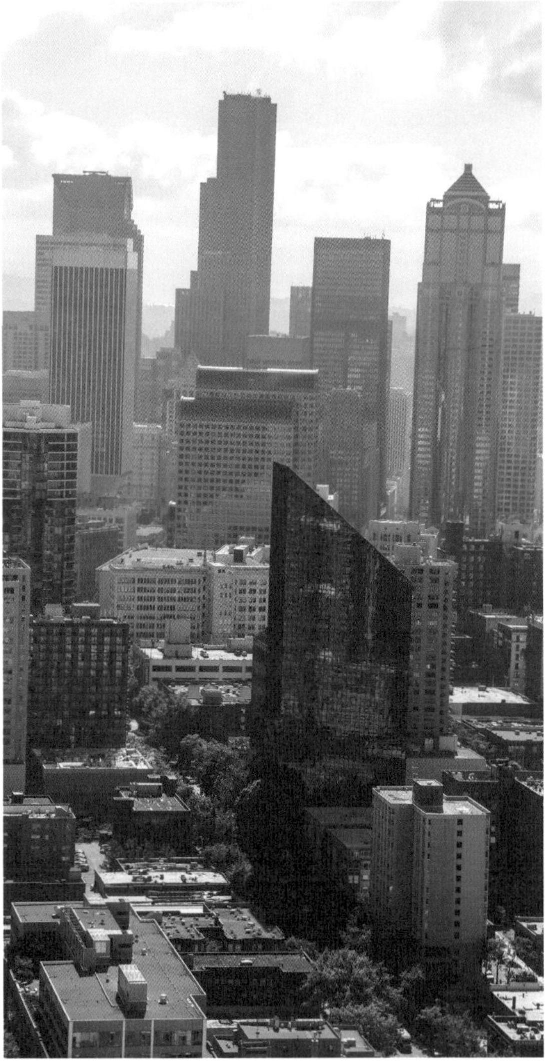

한국에서 한 번에 닿을 수 있는 곳. 당신이 한 번에 가장 멀리 달아날 수 있는 곳. 지리적으로 가장 먼 곳은 아니지만 날짜가 바뀌는 곳. 북쪽으로 올라가면 캐나다 국경이 있고 남쪽으로 101번 도로를 따라가면 멕시코 국경까지 갈 수 있는 여행하기 최적의 도시. 미국의 서북쪽 맨 끝이니 동쪽으로 횡단을 하더라도 한 바퀴를 돌더라도 출발점으로 삼기 좋은, 의미 있는 도시. 한 해 중 반 이상, 비가 오거나 흐린 날씨라 그 또한 매력인 도시. 그다지 크지 않은 중심가는 오래된 것과 방금 생겨난 것, 거대한 것과 세밀한 것, 음악에서 스포츠까지 다양한 무언가들의 집결지. 바다가 많은 곳. 어디서나 산이 보이는 곳. 스타벅스 1호점으로 가다보면 그보다 백 배는 더 의미 있고 멋진 일이 1m마다 발견되는 곳. 무엇보다 살면서 한 번쯤 아무도 모르는 곳에서 지독한 우울증을 겪어 보고 싶다는 희한한 마음이 든다면 제격인 곳. 시애틀은 그렇게 모든 것이 가능한 도시다.

내게는 반성을 많이 하고 오는 곳이다. 먼 태평양을 바라보며 여러 번 반성했다. 친구들에게, 가족에게, 자신에게 잘못한 것들을.

지속적인 모든 것이 나를 만든다
반복적인 모든 것이 나를 만든다

부정이 부정을 낳고
악습이 악습을 낳듯
가볍고 쉬운 것이 차곡차곡 쌓여
훗날 돌이킬 수 없는
거대한 어려움을 대면하게 한다

모든 것은 반복이다
사는 동안 모든 것이 반복될 것이다
그중에 가장 자주 나타나고
가장 강한 것이 내가 된다

그것이
선이거나 악이거나

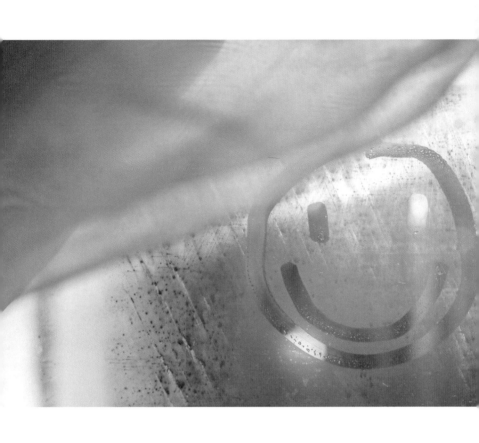

Morning

웃어야
비로소
아침

로텐부르크의 아름다운 숙소에서 막 현관문을 나서는데 차창에 작고 귀여운 스마일이 그려져 있다. 그것을 발견한 나도 아침 해 같은 미소가 저절로 지어진다. 그 마음으로 뒷사람에게 굿모닝! 인사했다. 아침 이슬이 가득한 그 차창에 야무지게 눌러 그린 세상 단 하나의 스마일. 나는 온종일 그것을 떠올리며 걸었다. 오래도록 마음에 지녔다.

인도의 어느 바닷가에서는 한 남자가 모래 위에 커다랗게 공들여 하트를 그리는 모습을 본 적도 있다. 다 큰 사내가 저렇게 큰 하트라니, 그는 사랑하는 중일까 사랑을 기다리는 중일까? 누구를 위한 하트냐고 묻고 싶었지만 아무래도 상관없지 싶었다. 그렇게 많은 곳을 돌아다니며 세상 곳곳에 그려진 작고 귀여운 마음들을 자주 만났다. 어느 복잡한 도시의 신호등에 붙여진 스마일 스티커나 창가에 그려진 작은 별들까지도. 심지어 남미의 어느 지역에서는 버스 검표원이 티켓에 하트를 그려 주기도 했다. 그때마다 웃었다. 그것이 나를 웃게 했다. 그 웃음 덕분에 하루가 햇살 가득한 아침과도 같았다.

．

버릇이 생겼다. 여행에서 가져온 버릇이기도 하고, 길 위에서 배운 버릇이기도 하다. 멍하니 버스 뒷자리에 앉아서 한남대교를 건너다가 입김을 불어 하트를 그려 본다. 그리고 한 번 웃는다. 당신을 떠올려 본다. 사랑에 빠진 척해 본다. 자고 일어나자마자 창가에 해를 그린다. 북쪽으로 창이 나 있어 어두운 방 안에 조그만 태양이 비추는 듯하다. 추운 겨울, 내 작은 방에 수시로 해가 떴다. 아침 커피 한 잔을 들고 거실을 서성이다 스마일을 그린다. 투명한 거실 유리문에 입김을 호오, 하고 불어 그 위에 검지로 스마일을 그린다. 비록 볼 사람은 없어도, 내가 나에게. 그렇게 혼자서라도 웃어야 아침이다. 그러다 보니 이제는 웃어야 비로소 아침이다. 좋은 아침이라야 좋아지는 하루다.

감사는 품는 게 아니라
꺼내 놓는 것

누군가에게 당신의 좋은 마음을 전한다는 것은 얼마나 아름다
운가. 크든 작든 상관없이 당신의 정성이 상대에게 가는 동안 당
신이 가장 먼저 기쁠 것이다. 타인을 위한 마음에서 비롯되지만,
내가 가장 먼저 좋아지는 일임을 우리는 알고 있지 않은가. 당신
이 안녕 하고 손을 흔들 때 이미 상대는 환하다. 그것을 보는 나
역시 환해지는 것을 느낀다.

　가끔 책상에 앉아서 밤을 새우는 날이 있다. 잠을 자야 할 시
간을 놓친 건데 정신이 더욱 선명해진다. 그럴 때면 아주 가끔,
조금의 피곤함을 걸쳐 입고 집을 나선다. 조조영화를 보기 위해
서다. 그렇게 시작하는 아침엔 이상한 쾌감이 생긴다. 모두가 출
근하는 시간, 나는 영화를 보러 간다. 당신들이 일하러 가는 시

간에 나는 놀러 갑니다, 하며. 이게 무슨 대단한 일이라고. 부끄러운 줄 모르고 혼자 온갖 명분을 대며 스스로를 정당화하기도 한다. 어쩌면 이 시간에 영화를 보러 간다는 자체만으로 이 도시의 비주류가 된 것 같아 기분이 묘해지기도 하지만, 분명 나는 루저가 아니다. 나름대로 그들보다 열악한 조건에서 투쟁하는 셈이라고 생각하며 지하철을 타는 일도 꽤 괜찮다.

집에서 지하철로 세 정거장. 동대문역사공원역 14번 출구. 그것만 생각하며 출근 시간의 사람들을 피해 냅다 뛰었다. 개찰을 하고 생수라도 한 병 사려면 미리 뛰어야 했다. 세상에, 출구가 열네 개나 있다니, 영화 속에서나 나올 법한 어느 차가운 도시의 한 장면 같다.

마지막 계단에 올라 우뚝 서 있는 영화관 건물을 바라보는데 퍽! 묵직한 충돌이었다. 그냥 부딪친 것이 아니라 그야말로 퍽! 아주 육중하게 퍽! 민망하게도 퍽! 순간 나보다 덩치 큰 그 남자가 더 놀라서 퍽 당황스러운 표정이었다. 이른 아침부터 길거리에서 하마터면 원하지 않게 키스라도 할 뻔했다. "어디, 다친 데는 없습니까? 죄송합니다."라고 하면서 고개를 드는데 그 남자, "감사합니다!"라고 말하는 것이 아닌가. "아이고, 감사라니요!"라고 잘못을 희석하려 웃어 보이는 나. 남자도 웃는다. 허옇게 웃는다. "아이고, 잠을 못 자서 말이 헛 나왔네요! 죄송합니다!"라며 겸연쩍게 인사하고 지하 계단으로 내려갔다. 저 남자도 나처럼 밤을 새웠거나, 나처럼 가끔 본능적인 서비스멘트를 날리나 보다, 했다. 이 거대한 도시에서 살아가려면 기본적으로 구비해야 할 빤한 서비스멘트 몇 개쯤은 항상 충전하고 다녀야 얼굴 붉히지 않을 수 있다. 그런데 이상하게 그 말이 자꾸 맴돈다. 세상에, 미안한데 감사하다니. 저 사람은 어쩌면 버릇처럼 남에게 감사한 마음을 가지고 사는 사람인지도 모른다. 항상 감사의 마음으로 사는 사람은 아닐까? 생각해 보니 온화한 미소를 가진 듯했다. 당황스럽고 얼얼한데 기분은 나쁘지 않았다. 혹시라도 누군가가 내 발이라도 밟는 날이면 "고맙습니다."라고 한 번 말해 봐야겠다는 생각마저 했다. 피곤이 아침과 함께 몽롱하게 몰려오고 있었다.

•

덜컹거리는 버스가 먼지를 펄펄 날리는 아침이었다. 차창으로 뿌연 먼지에 덮여 가는 풍경들이 여전히 꿈속인 것 마냥 흐릿했다. 이제 거의 다 왔나 싶어 피곤한 눈을 힘겹게 떠 봐도 차창 밖은 여전히 전원 길이며 마을은 쉽게 나타나지 않았다. 도대체 이놈의 버스는 앞으로 달리는 건지 뒤로 달리는 건지, 가도 가도 제자리, 가도 가도 밤이고 새벽이다. 분명히 아침이면 도착한다고 했는데 아침은 질기고 질기게 오지 않았다.

전날 오후에 미얀마의 수도 양곤에서 출발한 버스는 잠시 달리다가 어느 간이 휴게소에 도착했다. 내 허벅지에는 온통 빈대 자국이 선명했다. 인도의 어느 숙소에서 본 이후로 참 오랜만인데, 반갑지 않다. 버스에 앉고 얼마 되지 않아서부터 이상하게 간지럽더라니. 사람들이 다 내리고 안내군(미얀마는 버스 승무원이 남자다)을 불렀다. 그리고 이거 보라며 바지를 쑥 내려 헤아릴 수도 없을 만큼 수많은 빈대에 물린 자국을 보여줬더니, 안내군 청년은 얼굴을 붉히며 연신 미안하다고 했다. 따지고 보면 그 청년의 잘못은 아니지만 하소연할 곳도 없고 버스 청결을 생각해서 한 말인데 괜한 소리를 했나 싶어 마음에 걸렸다. 그래도 억울해서 누구에게라도 투정은 부려야 했다.

쉬는 시간이 끝나고 사람들이 다시 버스에 오를 쯤, 안내군 청년이 낡은 비닐을 가지고 와서 내 자리에 깔아 주었다. 그리고는 엄지손가락을 치켜들었다. 빈대에 물려서 죽도록 가려워하는 내 고통에 비해서는 너무 간단한 처방이었지만 그래도 나는 고맙다고 손가락을 동그랗게 만들어 답례했다. 자꾸 바스락 대는 비닐 소리와 미끄러운 표면 때문에 수차례 미끄러져 고꾸라지기를 반복하는 자리가 불편하고 불쾌해서 창밖만 하염없이 바라봤다. 누구 아는 사람이라도 함께 탔으면 이 지루하고 고달픈 가려움의 시간을 그냥 보내지는 않았을 텐데, 하며 가까운 이들의 얼굴을 떠올려 봤지만 이 험한 여행에 절대 동행하지 않을 깔끔한 얼굴들만 떠올랐다. 그냥 포기하고 잠이나 청하려고 눈을 감았다. 별거 아닌 외로움이 빈대 자국처럼 간질간질했다. 그렇게 열네 시간을 달렸다. 그 끝에 결국 아침이 아스라하게 매달려 있었다.

챙이 좁은 회색 사파리 모자를 쓴 아주머니가 내리는 사람들에게 일일이 악수를 청하고 고맙다는 인사를 했다. 사람들이 버스에서 내리는 시간이 참 더뎠다. 버스 맨 뒷자리의 내 차례를 생각하니 또 온몸이 간지러웠다. 그 아주머니의 모습은 마치 시상식에서 연기 대상을 받은 여배우가 동료들이 보내는 축하에 악수로 보답하듯 기쁨에 차 있었다. 그 피곤의 아침에 경쾌한 손놀림에 환한 얼굴이라니, 경이롭고 부럽기까지 했다. "고맙습니다." "감사합니다." 더군다나 한국말이었다. 조금 부끄럽기도 하고, 조금 과하다고도 생각했다. 안 그런 척 "아이고, 같은 버스를 타셨군요. 몰랐습니다." 인사를 하고 보니 스님이었다.

아침부터 스님에게 더러운 빈대 이야기로 말문을 열었다. "스님, 그런데 일일이 사람들에게 인사를 나누는 것이 피곤하지 않으셨습니까?" 궁금해서 물었다. "우리가 함께 긴 밤을 달렸으니 그것에 감사해야지요! 그래서 그랬습니다. 그 누구도 나를 모르지만 우리는 긴 시간을 함께 달렸으니 그것만으로도 큰 인연이지요. 감사한 일이지요! 그냥 말로만 하는 것이지만 저 사람들도 내 마음을 다 알아듣지 않겠어요? 그들이 먼저 하기 전에 내가 먼저 한 거지요! 그래야 내가 더 먼저 좋아지니까요. 결국 나

는 좀 이기적인 거네요?" 말갛고 동그란 얼굴의 스님은 그렇게 말씀하시고 웃으셨다. 스님은 전라도의 어느 절에서 홀로 미얀마로 여행을 오셨다고 했다. 해외여행이 처음이고 그 나라가 미얀마라 참 좋다고 여중생처럼 웃으셨다. 문득 다리를 긁으면서 생각한다. 감사는 그냥 품고만 있는 게 아니라 꺼내어 놓아야 빛을 발한다는 것을.

"스님, 덕분에 제가 많은 것을 배웠습니다. 저는 빈대에 물려서 빨리 빨래를 해야겠습니다. 부디 제가 깔고 앉은 빈대에게 극락왕생하라고 기도해 주세요! 그리고 스님도 빈대 조심하세요."
빈대 물린 것만 제외하면 확실히 좋은 아침이 오고 있었다.

•

생각해 보니 나도 그 스님의 말씀처럼, 그 남자에게 "뭘요! 감사하죠!" 그럴 걸 그랬다.

Myanmar,
Kalaw

불교의 나라 미얀마. 미얀마는 대부분의 가정에서 가족 중 한 명 정도가 스님이 된다는 말이 있을 만큼 불심이 강한 나라며 온화한 미소를 가진 나라다. 그중 칼로는 많은 사람이 트레킹을 위해서 가는 곳이다. 한적하고 낮은 동네라서 산책을 하듯 시장이나 사원을 둘러보는 정도가 좋을 것이며 작은 기차역 주변에 모여 사는 사람들을 만나 보면 이내 소박한 마음이 든다. 그래도 그곳은 역시 트래킹이다. 칼로에서 출발해서 칼로로 돌아오는 1박 코스가 있고 걸어서 2박 3일에 걸쳐 인레호수Inle Lake까지 가는 코스가 있다. 우리나라 전형적인 시골 느낌도 들고 우리 세대가 살아 보지 못한 옛날 이야기 같은 풍경이 아직도 있다. 현지인이 안내하는 들길을 따라 낯선 곳에서 하룻밤을 지내면서 만나게 되는 그들의 인사는 당신에게 무한한 따뜻함을 안겨 줄 것이다. 틀림없이.

아름다운 것들은
대부분 무게를 갖지 않는다
마음이 그렇고 생각이 그렇다

그중에 가장 아름다운 추억,
삶이 아름답다고 하는 것은
누구나 비교할 수 없는 무게의
추억을 가질 수 있기 때문이다

진정한 아름다움은
실체는 있으나
무게도 형태도 없는 것이다

대부분이 그렇다

떠나지 않고, 여행

오전 아홉 시에는 마을버스를 타야지 최소한 십 분 전에 강의실에
도착할 수가 있다는 계산으로 아침부터 긴장을 한다. 한 달에 두
어 번쯤 되는 특별한 날이다. 이마저도 아니라면 오전 아홉 시에
버스를 탈 일이 거의 없다고 봐야 할 것이다. 이렇게 가뭄에 콩 나
듯 생기는 일정에 늦으면 큰일이다. 정작 강의를 들으러 오는 사
람 대부분은 자동차로 오지만 그 시간 나는 버스를 타야 한다. 버
스를 타고서 그날 만난 사람들에게 버스 안의 따끈한 입김 같은
톤으로 인사할 것이다. 버스에서 내리는 순간 왠지 어느 낯선 여
행지에 도착한듯 새로운 사람들과 인사할 것이다.

　이미 밥벌이를 나간 사람들이 동네를 떠난 시간이라 동네가
휑하다. 가까이 서울 성곽을 산책하는 몇몇 노인을 제외하면 사

용하지 않는 영화 세트장처럼 고요한 시간. 그 시간에 버스를 기다리다 보면 꼭 어디론가 여행을 떠나는 것 같다. 도시의 중심가처럼 아우성치며 급하게 올라타야 하는 그런 버스가 아니라서 늘 어디론가 한적한 곳으로 떠나는 기분이 들기 때문이다. 더군다나 이 시간에 버스를 타면 내 전용 같아 텅 빈 버스에게 미안할 지경이다. 초록색의 작은 버스가 성북동 산동네를 낙타처럼 묵묵히 올라온다. 철커덕 문이 열리면 기사 아저씨가 오른손을 들어 인사하는 아침. 모든 것이 긴장에서 벗어난 그 느낌이 좋았다. 이런 기분으로 덜컹덜컹 비탈길을 내려가다 보면 이 복잡한 도시에서 나라도 차를 갖지 말아야 할 이유가 자꾸 생겨난다.

　사표를 내고 제일 먼저 정리한 것이 자동차였다. 더 이상 출근 시간에 맞춰서 직장에 나갈 필요가 없었기 때문이기도 하지만, 여행자로 살면서 차를 가지고 있는 일은 아무도 살지 않을 집을 오래 지니고 있는 것만큼 성가신 일이었다. 차가 있으면 비싼 커피 값만큼이나 주차료를 내야 하고 무엇보다 이 바글바글한 도시에서 작은 차 안에 갇혀 있어야 하는 시간이 너무 많다. 앞만 보고 달려야 하는 일에서 벗어나고 싶기도 했고 대중교통을 이용하며 볼 수 있는 것들이 하나둘 눈에 들어오기 시작했다. 지친 직장인들의 뒷모습, 어린 학생들의 밝은 미소와 흘러나오는 라디오 소리에 발을 맞추는 아주머니와 할머니에게 자리를 양보하는 어여쁜 아가씨. 비오는 날의 습기 찬 차창 너머로 지나가는 풍경들이 살

아 있는 화보처럼 느껴질 때나 햇빛 찬란한 거리를 달릴 때면 복잡한 도시도 근사한 여행지처럼 느껴지곤 한다. 그 풍경 속에서 내가 느끼는 매일 다른 감정들이 좋았다. 그래서 버스를 탄다. 물론 정해진 노선에서 벗어나지 못한다는 한계가 있고 내 시간에 맞출 수 없을 때도 있지만 나는 버스를 선호한다. 이 지구 상에 우리나라만큼 버스 서비스가 잘 되어 있는 데도 없다. 덕분에 짧은 여행을 자주 하는 셈이다. 버스에 올라타는 사람의 숫자만큼 많은 상상이 오고 간다. 출발한 버스를 끝내 잡아서 타는 사람, 피곤에 절어 내려야 할 정류장을 지나치는 사람. 그것을 바라보는 그 시간 나는 자주 여행한다. 어느 곳을 여행하더라도 한 번쯤 버스를 타 보면 그곳의 일상을 조금이나마 알 수 있듯 나는 여전히 낯선 여행자가 되어, 서울을 버스에서 배운다.

●

콜카타의 마더테레사 수녀원. 눅진한 더위의 하루가 시작되는 시간. 성스러운 찬송가가 울려 퍼지면 복잡한 거리의 아침 햇살은 한층 부드러워진다. 그곳에 모인 여행자들은 잠시 생활로 돌아가듯 복잡한 도시의 귀퉁이에서 바삐 움직이기 시작한다. 봉사자들은 수녀원의 아침 기도가 끝나면 간단하게 차이와 빵으로 식사를 하고, 그곳의 사람들처럼 자신이 가야 할 일터로 가기 위해 복잡한 버스에 올라탄다. 누구도 시킨 적 없는데 그 피곤의 시간에 자발적으로 버스에 올라탄다. 낡은 하늘색 버스에 떠밀려 힘겹게 올라 보면 잠시 혼잡한 연극 무대에 오른 것처럼 정신이 아득하다가 이내 익숙한 그곳의 사람들처럼 중심을 잡는다. 흔들리지 말아야 한다. 피곤한 버스에 마음이 흔들려서는 안 된다.

버스는 불규칙적으로 사람들을 튕겨 내고 그 사이에 검표원들이 조악한 티켓을 내밀며 행선지를 묻는다. 내려야 할 사람은 긴 끈을 당기거나 검표원에게 말하고 출입구 가까이로 다가 선다. 모든 것이 비슷하지만 모든 것이 다르고, 모든 것이 단순해 보이지만 모든 것이 복잡하고 불필요한 시스템처럼 여겨진다. 다만, 그 만원 버스에 올라탄 모든 사람과 같은 방향으로 달리는 동안 나 역시 그들과 잠시나마 비슷해진다는 뿌듯함이 있다. 그 뿌듯함이란 여행에서 가질 수 있는 특권이라 여기며 기꺼이 매일 아침 출근하듯 봉사할 곳으로 간다. 오랜 자유의 시간 도중 찾아오는 규칙적인 일상은 여행 중에 느끼는 또 다른 성취감이랄까. 대부분 오랜 시간 여행하는 사람들이 시간을 내서 봉사하는 마음은 비슷하다. 노동으로 따지자면 엄연히 일이지만 이것은 여행 중의 일이다. 자발적 고통이자 흔하지 않은 기쁨이다.

처음 그 파란 버스에 올랐을 때 당황스러웠던 기억이 아직도 선하다. 복잡하게 떠밀려 올라탄 그 버스는 온통 나무로 만들어진 이상한 버스였다. 차창도 바닥도 의자도 모든 것이 나무로 만들어진 버스. 유리창만 제외하면 당장이라도 만들 수 있을 것 같던 버

스. 커다란 눈의 검고 마른 청년이 손님들 사이로 다니며 일일이 차비를 받아 차표를 끊고 내려야 할 구간을 큰 소리로 알려 주던 버스. 박물관에나 있을 법한 그 버스에 많은 사람이 타고 내린다. 올라타는 순간 잠시 과거로 돌아가던 그 낡은 버스에 앉아서 온종일 캘커타 시내를 돌아다니며 그들의 일상을 봤다.

누군가는 자가용을 타고 누군가는 택시를 타고 또 다른 누군가는 걸어서 향하겠지만 어쨌든 그들은 목적지에 도착할 것이다. 언젠가는 자신이 가고자 하는 곳에 닿을 것이다. 다만, 다른 방법으로 가는 것이다. 자가용을 타지 못한다고 비난받을 일이 아니며 버스를 탄다고 의기소침할 일이 아니다. 각자가 원하는 것을 타기 위해 그만큼의 노력과 목적을 동반하는 정도가 아닐까. 그렇게 우리는 언젠가는 도착한다. 자신이 선택한 것의 속도로.

걸음마를 처음 배우는 듯 비틀비틀, 때로는 고삐 풀린 망아지처럼 복잡한 거리를 용케 잘 헤쳐 나가던 버스와 그 안의 많은 사람. 뒷자리를 넓혀 굳이 앉으라던 할아버지와 어디서 왔느냐고 가족은 몇 명이냐고 아버지 직업은 무엇이냐고 당황스러운 질문을 던지며 환하게 웃던 사람들. 그렇게 버스에 앉아 있으면 정류장 숫자만큼 친구가 늘어나던 나무 버스. 그때는 버스 타는 일이 박물관 가는 일보다 즐거웠고 차창 밖을 내다 보는 일이 영화를 관람하는 것보다 재미있었다. 캘커타를 생각하면 언제나 그 파랗던 나무 버스가 가슴속에서 푸른 하늘을 달리며 구름 같은 연기를 뽑는다.

•

자주 자동차를 두고 버스나 전철을 타 보는 것도 좋은 여행이 될 수 있다고 말한다. 사실이니까. 익숙한 생활의 터전에서 아무 버스나 타고 종점까지 가 보기도 하고, 거기서 또 더 작은 마을버스를 타고 아무 데나 내려 보는 일. 또 늘 지나가는 같은 길에서 내가 발견할 수 있는 변화들을 쌓아가는 일. 가장 쉽게 여행하는 일이다. 마치 떠나지 않고서 늘 여행자로 살고 있는 것처럼. 그렇게 나서는 것이다. 조금씩 멀리. 조금 성가시고 불편한 것이 여행이다. 하지만 움직이지 않으면 갈 수 없으니까, 꼭 멀리 가지 않아도 여행이니까. 다만, 가는 동안 우리는 어떤 기분으로 어떤 생각으로 내게 다가오는 풍경을 보느냐가 중요한 것이다. 움직이는 동안 몸만 움직인다면 그것은 여행이 아니라 이동이다. 몸도 마음도 같이 움직이는 것. 그렇게 여행한다는 마음으로 매일매일 집을 나서면 어떨까? 좋아하는 음악을 듣고, 좋아하는 사람을 떠올리고, 좋아하는 것들을 위해 사랑하는 것들을 위해 상상의 시간을 갖는 것. 그 거리만큼 당신은 또 좋은 여행을 한 것이다. 그래서 우리는 누구나 사는 동안 여행자가 되는 것이다.

나는 강의실에 모인 사람에게 가장 먼저 그날의 여행에 대해서 이야기를 할 것이다. 그곳까지 도착하는 동안 내가 봤던 모든

것이 여행이었다고. 어쩌면 여행을 떠나는 가장 편리하고 쉬운 방법은 당신이 출근하거나 퇴근하는 때일지도 모른다. 나는 당신이 오늘도 집을 나서서 일터로 가는 동안 매일매일 또 다른 여행을 했으면 한다. 되도록이면 대중교통을 이용해서 말이다. 가능하다면 휴대전화보다 차창 밖을 바라보는 당신이기를.

India,
Kolkatta

세상에서 가장 번잡하고 치열한 아침을, 아니 하루를 맛보려면 그곳으로 가야 한다. 하지만 콜카타를 며칠 돌다 보면 그 치열함 속에서도 뭔가 모르는 여유가 느껴진다. 게으름과는 다른 여유 말이다. 콜카타 중앙역에서 내려 하우라Howrah 철교 밑에서 배를 타고 건너는 동안 당신의 삶이 약간 달라질 수도 있다. 수많은 인구가 살아가는 천차만별의 생활상을 보노라면 위대한 책을 하루에 한 권씩 읽는 듯하다. 그리고 도시의 레일 위를 어슬렁거리는 녹슨 트램이 정류장에서 미끄러져 나가는 것을 놓치지 않고 올라탈 줄 알게 된다면 당신은 이미 그곳의 리듬에 익숙해져 있다는 것이다. 마음에 드는 버스를 정해서 그 버스가 스치는 차창 밖을 보고 또 보라. 그 어느 전시장에서도 보지 못한 살아 있는 다큐멘터리 한 편을 보는 듯할 테니. 그것이 때로는 지겹거나 힘들 때도 있지만, 그곳을 떠나올 때쯤 당신은 쉽게 발을 떼지 못할 것이다. 그곳의 치열한 사람들은 그렇게 말없이 당신에게 깊이 들어와 있을 것이다.

기대란
나 아닌 누군가에게
기대는 것이다

기대하지 말고
기대지 말아야 한다
기대하고 기댈 수 있는 건

오로지 자신 뿐

새하야면 새하얄수록 눈물 나는 법이지

봄이 되니 아침이 지났는데도 거실 안쪽까지 햇볕이 사라지지 않는다. 이럴 때면 늙은이처럼 아직 아프지도 않은 관절을 만지며 햇볕에 샤워를 시킨다. 파스를 붙이듯 햇볕을 붙인다. 마치 고양이의 시간과도 같이, 따뜻하고 밝은 햇볕이 좋아서 스르륵 누워 본다.

처마 끝에 걸린 태양이 동공 깊숙이 파고들면 반짝, 눈물이 났다. 나의 눈물을 쉽게 만드는 것은 현상만 있고 형태가 없다. 어쩌면 이렇게 태양을 오래도록 바라본 적 없었거나 있었다 하더라도 적어도 기억에는 없었다. 이런 날에 가만히 누워서 고양이처럼 눈물을 흘리지 말고 뭐라도 해야겠다 싶어서 마당을 나오니 태양이 더 좋다. 저 놈의 태양은 오래된 물건들 중에서도 값을 아주 많이 쳐서 팔 수 있는 진귀한 선물 같다. 저 값비싼 햇볕을 방치하면 손해이니 묵혔던 얇은 이불을 빨래하기로 한다. 아직은 그 얇은 홑이불을 덮기에 추운 날이 많이 남았지만, 하릴없는 그 시간에 영감처럼 조아리고 꾸벅꾸벅 마당에 절을 하는 것보다야 백 번 낫겠다 싶었다.

버리지도 못하고 묵히다가 제철에도 덮지 못한 새하얀 광목 이불을 꺼낸다. 그렇다. 쓰지도 버리지도 못한 그 이불을 배낭에 깊숙이 넣어두고, 아직은 읽어서는 안 될 미래의 편지처럼 늘 가슴에 품고만 살았다. 여행에서 돌아오면 낡은 배낭 속에 꼭꼭 숨겨 두었던 새하얀 광목 이불.

자꾸 빨면 사라지는 것이 많을 것 같아서 넣어 두었던 광목을 꺼낸다. 바짓단을 걷고 미지근한 물에 푼 하얀 거품 속으로 발을 담근다. 햇볕 좋은 오전에 이렇게 꼭꼭 밟아 빨면 점심을 먹기 전에 다 마르겠거니 생각하는데, 발목이 휘청거렸다. 발가락 사이로 빠져나오는 새하얀 거품에 마음이 휘청거렸다. 애원하듯 비틀어 짜는 순간 나만 아는 기억들이 주르륵 흘렀다. 작은 마당에 사선으로 빨랫줄을 치고 새하얀 이불을 널으니 마당 절반이 가려졌다. 새하얀 광목 이불이 바람에 나부낀다. 잠시 흔들대다 부풀어 오르더니 가장자리에 정오의 태양을 숨겼다. 그것을 바라보니 찔끔 또 눈물이 났다. 하여서 눈부신데 눈물이 주르륵 흘렀다. 새하얘서 눈물이 났다. 눈물이 나서 모든 것이 하얘졌다. 내 안에 가장 반짝거리며 눈부시게 빛나던 기억이 아직도 하얗게 나붓거린다.

·

떠나기 전날 너는 내게 통조림처럼 둥글게 말린 광목천을 꼼꼼하게 싸서 주었다. "광목천이야! 흡수도 좋고 따뜻해, 무엇보다 가벼워서 가지고 다니기에 전혀 불편함 없어." 고맙다는 말을 하기보다 이런 걸 왜 주느냐고 묻는 내게 너는 밝고 명랑한 목소리로 말했다. "내가 쓰던 거야! 깨끗하게 빨았으니 안심하고 써, 내 방안에 있는 것보다야 세상 구경하는 너에게 보내는 게 내 맘도 편할 것 같아." 어머니께서 여름 홑이불로 쓰라고 끊어 주신 새 하얀 광목을 여행 다니는 내게 줬다. 같이 가지 못하는 마음 대신 내민 새하얀 광목을 배낭 맨 아래쪽에 얌전히 넣었다. 필요한 곳 있으면 어디서나 깔거나 덮으라고 받은 것을 나는 아까워 잘 쓰지도 못했다. 남루한 침대를 만날 때도 덜컹거리는 낡은 밤의 버스 안에서도 내내 생각만 하다가 대륙 몇 개를 건넜다. 어쩌다가 볕 좋은 창가 침대를 얻으면 커튼으로 걸어 두기도 하고, 오랜 시간 배낭 아래서 눅눅해졌다 싶으면 탈탈 털어 빨랫줄에 널면서 자주 너를 그렸다. 그것을 볼 때마다 통기타 선율 같기도 하고 너의 속옷 같기도 했다. 어쩌면 너는 늘 내게 가깝지도 않

고 멀지도 않으면서, 너와 나 사이에 광목의 두께만큼이라도 거리를 두려 했다. 그 거리가 새하얘서 나는 괜찮았다. 같이 떠나지도 않을 거면서 네가 덮고 자던 너의 체취를 내게 준 것처럼 너의 마음은 내게 광목처럼 얇고 투명했다. 그래서, 그래서 나는 견딜만 했다.

•

한여름의 훈자는 시원한 설산을 등지고서도 정수리를 쪼갤 듯 햇볕이 뜨거웠다. 젊은 주인은 방을 얻는 첫날만 살짝 얼굴을 비췄다가 며칠째 나타나지 않았다. 침대 시트를 갈아야 하는데 어쩌나 하고 생각하다가, 어차피 갈아 봐야 주인이 주는 새 것이나 지금 깔고 있는 것이나 남루하기는 마찬가지일 거라 생각했다. 하루 숙박비가 한 끼의 저렴한 식사 값도 되지 않는 숙소의 침대 시트가 깨끗한 게 오히려 더 이상할지도 모르겠다. 주인에게 떼를 쓰지 않으면 알아서 갈아 주는 법이 없었다. 수십 명이 며칠을 써도 그것이 당연한 낡은 숙소. 별 수 없이 시트를 걷어내고 직접 빨기로 했다. 네가 준 광목은 훈자로 온 이후로 줄곧 커튼이 되어 설산을 반쯤 가려 주었는데 내친김에 같이 빨기로 마음 먹는다. 얇은 양동이에 누런 시트를 함께 넣고 넉넉하게 가루비누를 풀어 힘차게 밟는다.

모든 것을 발아래에 두고 우뚝 솟은 산비탈의 그림 같은 마을. 저 아래 훈자강줄기를 따라 활기차게 흐르는 검은 강물과 그 위로 솟은 하얀 설산들. 그리고 지천으로 익어가는 노란 살구와 먼지를 날리며 뛰어가는 한 무리의 아이들. 태어날 때 이후 한 번도 울어본 적 없을 것 같은 행복한 얼굴의 사람들이 사는 곳. 모든 것이 평화로운데 내 마음만 서럽다.

그리워질까, 생각날까 함부로 꺼내지도 못하고 미안하고 미안해서 자주 덮지도 못했던 하얀 광목. 이제 비눗물에 섞이고 오래된 시간들에 섞여서 더 이상 너의 냄새는 없다 생각하니 홀가분하고도 서러웠다. 더 이상 너는 내게 없다. 울기에는 너무 밝고 고요한 오전. 눈부신 태양을 핑계로 소리 없이 슬쩍 눈물이 흘렀을 것이다. 햇살이 안구 깊숙이 들어와 따끔거렸다. 아무래도 이런 마음으로 새하얀 광목을 빨 때는 선글라스라도 끼고 밟아야 할 것 같다는 혼잣말을 하면서 오래 밟았다. 야무지게 밟았다. 밟을수록 네가 가까이 밟혔다.

볕이 좋으니 점심을 먹기도 전에 바싹하게 마른 하얀 광목. 새하얀 시트 위로 올라앉은 거대한 설산이 눈부시다. 장엄하고 거대하다. 하얗게 떠오른 거대한 모습이 성스럽다. 이 세상의 새하얀 모든 것은 현실이 아닌 것만 같다. 이 세상의 모든 거대한 것이 내게 이룰 수 없는 꿈만 같다. 누구나 상상할 수 있지만 아무나 가질 수 없는 영역이 하얗게 빛난다. 사람의 마음이, 기억이 저렇게 새하얘지려고 설산만큼 오랜 시간을 보낸다 한들 그것이 가능하겠는가? 모든 것을 시간이 가져가고 난 후면 하얗게 탈색될까? 그 초록의 계절에 모든 것이 하얗고 하얗게 여겨지던 시간들. 새하야면 새하얄수록 눈물이 나는 법이지. 오래도록 생각했다. 네가 옆에 같이 앉아서 빠르게 말라가는 광목 너머로 펄럭이는 이곳의 아름다운 풍경을 같이 봤으면 좋겠다고 생각했다. 그것들을 바라보며 돌아가기 전까지는 아무 생각도 걱정도 없이 오래오래 하얗고 깨끗한 것들만 이야기하자고. 너도 새하얀 이 풍경들을 바라보면 풍경 때문에라도 다시 나를 좋아하지 않을까?

·

오전의 햇살이 앞집 옥탑 방 창문 너머로 사라지고 다시 바람이 분다. 반짝거리고 눈부신 것은 잠깐이라서 다행이다.

도심보다 자연을 좋아하는 여행자는 누구나 한 번쯤 훈자를 생각한다. 쉽게 갈 수 없는 곳이고 계획대로 잘 되는 곳이 아니라서 그렇다. 하지만 분명 그곳도 예전보다 많이 나아지고 있다. 정치적 상황을 제외한다면 말이다. 봄이면 살구꽃이 온통 마을을 뒤덮고 여름까지 노랗게 익어가는 걸 보면서 여유롭게 지내기 좋다. 트래킹해도 좋고 넋 놓고 지내기도 좋은 시골 마을이다. 하늘을 찌르는 설산으로 둘러싸인 그곳은 SF영화나 근사한 달력의 어느 한 페이지에서나 볼 수 있는 풍경이 장관이다. 정전이 된 까만 방 안에서 창가로 들어오는 별빛으로도 서로의 얼굴을 알아 볼 수 있는 청정의 지역. 그곳에서 가장 깨끗하게 빛나는 것은 역시 그곳을 살아가는 사람들이다.

훈자는 위치상으로 파키스탄 북쪽에 있다. 인도나 이란에서 건너가는 여행자들은 거의 라왈핀디Rawalpindi에서 하루를 꼬박 버스로 간다. 그리고 중국에서 넘어가는 사람들은 타쉬쿠르간에서 국제 버스를 타고 국경을 넘어서 내려오는 식이다. 어느 구간이든 쉬운 구간이 아니다. 체력적으로 말이다. 그래서 이왕이면 한국에서 출발하는 여행자라면 중국의 동쪽에서 서쪽으로 여행을 하면서 파키스탄 국경을 넘어 훈자에 도착한 후, 다음 경로를 파키스탄 남쪽으로 정하는 것이 좋다. 힘들더라도 지루하지 않은 루트가 될 것이다. 하지만 아무래도 좋다. 그 길들은 몇 번을 오간다 해도 아름다운 길이다. 사람들은 그 길을 KKH. 카라코람하이웨이라 부른다.

뺄셈.

생각을 빼면
아무렇지 않을 나

마음을 빼면
아무것도 아닌 너

어디선가 꽃향기가 난다면

"꽃을 사랑하지 않는 사람이 있을까?"

꽃을 좋아하는 것이 아니라 사랑하는 것이라고 말하고 나니 역시 꽃과 사랑은 뗄 수 없는 관계처럼 느껴진다. 꽃을 사랑하지도 않고, 좋아하지도 않는 사람이 있을 수는 있지만 꽃의 존재 자체를 싫어한다거나 저주하는 사람은 없을 거라 생각하며 마당 귀퉁이의 작은 화단을 바라본다.

의도적으로 부지런해지려고 노력하는 편이다. 밥 먹고 사는 일을 제외하고 말이다. 밥을 먹고 산다는 것은 아무래도 의도대로 되는 게 아니라서 진즉 나 아닌 다른 어떤 영역의 것이라 생각하며 행운을 빌듯 마음에만 담고 있다. 회사를 그만두고 소위 전업 작가 생활을 시작하고부터는 내게 너무 많은 시간이 생겨 버렸다. 회사를 그만둔 의도는 그게 아닌데 말이다. 내가 일을 하고 싶을 때 일거리가 생길 줄 알았고 회사 다닐 때처럼 너무 많이 일하지 말아야겠다는 다짐도 해 두었다. 백수와 작가의 경계에 돌입하고 나서 예상치 못한 피곤함이 생겼다. 그야말로 하루하루 너무 시간이 많아서 피곤한 날들이었다. 일이 없을 때는 긴 여행을 떠나기도 했지만 여행에서 돌아와도 일은 거의 없었고, 대신 친구들의 부름이 많아졌지만 아무리 친구들의 부름을 받아도 시간이 너무너무 많았다. 심지어 늦게까지 놀면 놀수록 힘이 생겼으므로 백수가 과로사한다는 말은 이해가 잘 되지 않았다.

그렇게 스스로 계획할 수 있는 일들이 없어서 의도적으로 정해 놓은 것들이 있다. 말하자면 철칙 같은 것이다. 아침에 일어나면 무조건 제일 먼저 해야 하는 '집안 청소'하기 같은 것 말이다. 아무리 늦어도 점심이 오기 전까지는 집안 청소를 꼭 하자! 물론 전날 과음을 했거나 늦게까지 잠을 자지 않아서 오후에 일어나더라도 눈 뜨고 제일 먼저 해야 할 것은 청소. 그리고 식사가 끝남과 동시에 꼭 설거지. 빨래는 일주일에 한 번. 이렇게 정해놓은 것은 지금까지 비교적 잘 지키고 있는 편이다. 그러나 이것도 이력이 나고 실력이 향상되어 점점 빠른 시간에 해치워 버리고 있다. 또 시간이 남아돈다.

새로 이사 온 집에는 손바닥만 한 마당이 있다. 정말 마당이

라고 하기에는 손바닥만 하다. 평범한 보폭으로 가로 두 걸음이면 벽과 벽이 만나고 세로로 두 걸음이면 대문과 마루가 마주 보니까. 손바닥만 한 마당 위로 손바닥만 한 하늘이 열려 있고, 그 손바닥 가장자리에 기역자로 방과 마루가 붙어 있다. 혼자 살기 좁지도 넓지도 않은 집이라 불만은 없는데 청소를 마치고 마당에 나와 손바닥만 한 하늘로 담배 연기를 뿜어 올리면 뭔가 삭막하다는 느낌이 들었다. 많은 사람이 부러워하는 마당 딸린 독채에 세 들어 사는데, 그들이 기대하는 부러움에 비해서 자꾸만 뭔가 부족하고 허전했다. 그 부족하고 뭔가 허전하다는 느낌을 이사 온 지 얼마 되지 않아서 알아 버렸다.

"꽃이 없다." 이 작은 집은 대문에서 마루까지 단 두 걸음이지만 하늘을 제외한 모든 공간이 시멘트로 마무리되어 있었다. 그래서 이 공간 안에 살아 있는 것이라고는 오로지 '나', 나 혼자 죽은 듯 살고 있기 때문에 늘 뭔가 부족하고 허전했던 거였다. 그렇다고 당장 살아 있는 것들 중에 구할 수 있는 것은 많지 않았다. 제일 어려운 것이 같이 살 사람을 구해오는 것일 테고, 나의 생활 패턴으로 봐서 고양이나 개도 사람을 구해오는 것만큼 어려울 터였다. 그쯤 되니 이 나이 먹도록 여행하는 것 말고 잘하는 것이 뭐 있나 싶었지만, 아무리 한숨 쉬어 봐도 사방은 콘크리트 바닥이었다. 이 딱딱함에서 벗어날 수 있는 가장 획기적인 방법은 뭘까? 생각하다가 그날의 가장 큰 행사로 화단을 만드는 것을 떠올렸다.

　대문과 보일러실 사이로 꺾어진 담벼락에 가로로 세 뼘, 세로로 한 뼘 반쯤 되는 공간에 화단을 만들었다. 그야말로 손바닥만 한 마당에 있는 코딱지만 한 화단이었다. 학습 도감이나 어느 유명 작가의 사진집만 한 딱 그 크기의 코딱지였다. 그곳에 뒤뜰 비탈 숲에서 찾아낸 작은 단풍나무 한 그루를 심었다. 코딱지만 한 화단에 그 반만 한 단풍나무 한 그루를 심으니 화단이 꽉 찼다. 드넓은 정원에 거대한 고목나무가 버티고 서 있는 것처럼 마당 구석이 듬직하다. 초록으로 푸르게 펼쳐진 잎들이 제법 나무 형태를 갖춘 채로 마당 한 구석에 존재감을 드러내고 그 주변에 나처럼 이름 모를 잡풀들이 드문드문 고개를 내밀기 시작했다. 나는 아침마다 그것을 바라본다. 맨 뒷자리에 앉은 학생이 고개를 빼고 이해되지 않는 칠판을 바라보듯 골똘히 바라본다. 작은 공간 속 집중되는 그 공간이 제법 아름답다. 남루하지만 소박한 느낌이 있다. 작고 작은 화단의 작은 단풍나무 한 그루와 여린 잡초 몇 포기가 잠시 좋았던 날들을 떠올리게 한다.

　우리나라를 벗어나서 어딜 가든지, 얼마나 남루한 곳이었든지 상관없이 자주 꽃을 볼 수 있었다. 겨울 조지아의 어느 산골 마을 창가에도, 무더운 사막을 달리던 시원찮은 버스 운전석에도, 쓰러져 가던 인도의 낡은 숙소에도 언제든 작은 화분 하나는 있었다. 햇볕 좋은 창가에 늘 꽃이 있었고 그게 아니라면 화단에

방치된 꽃이라도 자라고 있었다. 레바논에서는 방 청소는 해 주지 않아도 늘 꽃병의 꽃을 갈아 주던 할머니가 있었고, 볼리비아에서는 막일을 하고 돌아온 바깥주인이 여행자들의 저녁 식탁에 들꽃을 꽂아 주기도 했다. 그렇게 가는 곳마다 자주 꽃을 볼 수 있었고 그곳 사람들은 꽃을 식량처럼 당연하게 여겼다. 그럴 때마다 나는 그곳이 이유 없이 좋아졌고 조금은 더 대접받는 기분이 들곤 했다. 어쩌면 그 이유로 나도 꽃을 좋아하게 되었나 보다. 꽃을 좋아하는 사람들을 좋아하게 되었는지 모른다. 길 위에서 배운 아름다운 버릇이라 생각한다. 작은 마당, 작은 화단에 더 작은 단풍나무 하나, 그렇게 나는 또 커다란 여행을 한다.

•

어느 날 여행에서 돌아와 다시 여행하듯 제주도로 거처를 옮겼다. 딱히 서울에서 살 이유가 없다고 생각했고 내가 좋아하는 사람들이 그곳으로 간다는 이유로 나도 그곳에 가고 싶어졌다. 제주도에 살다 보니 사시사철 바다만큼 흔한 것이 꽃이었고 바람만큼 많은 것이 꽃이었다. 겨울 바닷바람을 마시며 피는 동백꽃과 흔한 봄의 유채꽃 그리고 한라산으로 번져 가는 하얀 벚꽃과 탐스러운 여름날의 수국이며 가을의 국화. 또 그 사이사이의 계절과 시간에 저절로 피어나는 많은 꽃. 주인이 방치한 브로콜리

밭의 부케처럼 소담스러운 브로콜리꽃. 수많은 돌담을 아름답게 덮고 있는 담쟁이들과 그 아래의 수선화들. 제주도의 꽃들은 이어달리기를 하듯 한 순간도 사라지지 않고 지천에 피어났다. 그리고 그 시절 무엇보다 감사했던 것은 이 모든 꽃을 일 년 내내 방 안에서도 거실에서도 볼 수 있다는 것이었다.

제주도에서 지내는 동안 내 집이 따로 없었다. 같이 제주도로 내려간 친한 누나 집에서 내 집을 구할 때까지 같이 지내기로 했기 때문이다. 그렇게 일 년 가까이 진딧물처럼 붙어서 내 집인 듯 누나 집에 살았다. 사는 동안 늘 꽃 향기를 맡으며 살았다. 누나는 지금까지 내가 알고 있는 그 누구보다도 꽃을 사랑하는 사람이다. 좋아하는 이라고 하기에는 모자랄 정도로 말 그대로 사랑하는 사람이다. 내가 어느 여행지에서 봤던 들꽃들을 이야기하거나 꽃을 사랑하는 그들의 일상을 이야기할 때면 자신이 그곳에 도착한 것처럼 좋아하기도 했다.

산책길에서 주워오는 들꽃부터 어느 집 마당에 핀 이름 모를 꽃들까지 꽃이란 꽃은 모두 어느새 누나 손에 들려 있었다. 꽃이 예쁘게 피어 있는 집을 보면 그냥 지나치기 어려운지, 마당 안으로 들어가 주인에게 꽃처럼 환하게 인사하고 끝내 꽃을 얻어 왔다. 이상하게 그 누구도 거절하는 법이 없었다. 무엇이든 남에게 주면 줬지 얻는 걸 못하는 누나도 알고 있었던 것 같다. 그것이 꽃의 힘이라는 것을. 차를 타고 가다가도 눈에 들어오는

꽃이 있으면 언제나 차를 세우고 한참을 바라보다가 그것이 주인 없는 꽃이라면, 끝내 자기가 주인이라 했다. 그렇게 버려진 폐허의 담벼락에 핀 꽃도 거실에 옮겨 놓았고, 아무렇게나 죽어가는 꽃들을 방 안에서 자식처럼 보살피고 애인을 바라보듯 바라보았다. 덕분에 나도 조카도 남편도 그 집에 들어오는 그 누구도 꽃을 좋아하지 않는 사람이 없었다. 꽃에 대해서 말하고 꽃을 칭찬하며 꽃을 부러워했다.

"내가 좋아하는 사람이 좋아하는 것은 훔쳐서라도 주고 싶은 게 사람의 마음일 것이다! 그게 사랑이다!" 누나는 꽃이 그렇다 했다. 나는 간혹 그런 누나를 꽃 도둑년이라 불렀다. "꽃 도둑년!" 이렇게 부르면 가는 꽃잎처럼 눈을 흘기며 웃는다. 부정하지 않는다. 꽃처럼 웃는다. 꽃을 바라보고 있으면 시간 가는 줄 모르는 것 같았다. 꽃을 보면서도 온종일 꽃을 보며 살고 싶다고 말했다. 꽃을 곁에 두고 책을 읽고, 꽃과 함께 차를 마신다. 그곳에서 누나의 방식은 늘 그랬다. 늘 타인을 대할 때 꽃의 시간을 따라다니듯 그 사람이 원하는 시간을 만들고, 상대방의 모든 말에 꽃의 노래를 듣듯 귀를 기울였으며, 꽃 향기 가득한 아름다운 조언으로 밑줄을 긋게 만든다. 사람이 어찌 저리 살 수 있을까, 생각하다가도 꽃을 좋아하는 사람이니 가능하겠다 싶었다. 꽃을 사랑하는 마음이니 어느 것인들 사랑하지 않을 수가 있을까? 좋아하는 것을 곁에 두고 그것을 바라보며 지내는 것. 그래서 그것을 닮아가는 것. 함께 있으면 닮아가는 게 당연하다고 생각하니, 당연하다.

가질 수 없는 것을 마음에 두고 그것을 희망하며 사는 것이 아니라, 만질 수 있고 볼 수 있는 것을 곁에 두고 늘 행복해하는 것. 내가 가장 빨리 행복해질 수 있는 무엇인가가 곁에 있다는 것. 참 부럽다 생각했다.

좋은 것을 생각하면 좋아지는 마음. 나는 그곳에 사는 동안 일기장 한 귀퉁이에 써 두었던 그 말을 자주 떠올렸다. 그 말을 떠올릴 때면 지금도 코끝에서 작은 손톱만 한 들국화의 진한 향기가 난다. 내 삶에서 내 생활에서 내가 좋아하는 것을 발견해 나가는 일들. 그 일들이 결국 그 사람의 이미지가 되고, 그 사람의 전부가 될 수도 있겠구나 생각해 본다.

·

콘크리트 마당 끝에 초록으로 물든 작은 화단을 보면서 살짝 미소를 짓는다. 철칙이 하나 더 생겼다. 청소가 끝나면 마당에 나와서 여유로운 척 우아하게 코딱지만 한 작은 화단을 돌보는 것. 나는 저 작은 화단을 안방처럼 보살필 것이다. 내 삶의 하루하루를 돌보듯 정성스럽게. 이 작은 집에서 유일하게 살아 있는 화단과 나와의 관계가 오래오래 건강하고 아름다워질 수 있도록

말이다. 할 일이 하나 더 생기고 나니 백수가 과로사한다는 말은
어느 정도 가능성이 있겠다 싶었다.

이사 간 집이 어디쯤에 있느냐고 묻는 후배에게 주소 대신
이렇게 대답했다. "북정마을 종점에서 계단을 내려오다가 어디
선가 꽃 향기가 난다면 그게 우리 집이야."

길 위에서 배운 아름다운 버릇. 작은 화단에 더 작은 단풍
나무 하나, 그렇게 또 나는 꽃이 데려다 주는 곳으로 여행하고
있다.

Korea,
Jejudo

파도와 바람이 만드는 꽃의 섬, 제주도에서 꽃을 찾기란 눈을 감고 사랑하는 사람의 목소리를 알아맞히는 것만큼 쉽다. 한겨울에도 드문드문 꽃을 발견할 수 있는 곳이 제주도다. 사시사철 푸른 바다 빛과 검은 돌 그리고 꽃. 그런 곳이 우리나라에 있다는 사실이 얼마나 꽃처럼 아름다운 일인가? 세상에는 수많은 아름다운 섬이 있지만 제주도 같은 섬이 몇이나 될까? 제주도에서는 내비게이션을 되도록 자제하는 편이 낫다. 그래야 훨씬 더 꽃과 같은 아름다운 풍경을 만날 확률이 높다. 아무리 엉뚱한 곳으로 달려도 결국 섬 안에 있게 될 것이므로 길을 잃을 걱정 말고 바다를 따라 꽃처럼 느리게 느리게 다녀도 좋을 것이다.

당신

"나만의"라고 쓰려다가
"나의"라고 쓴다

많은 사람이 당신을 두고
"나만의"라고 쓰고 싶어 한다는 것을 알기에
당신은 그런 사람이기에

좋은 것은
나만의 것이었던 적이
한 번도 없었기 때문에

이제,
그래선 안 되기에

그래도
그게 어딘가?
당신은 "나의" 당신인데
그것이 참 고맙다

Daytime

**잠시 잊어도 좋아
언젠가
기억할 수 있다면**

정오가 되면 습관처럼 그 수도원을 기억하려 한다. 잠시 잊기 위해 기억할 것이 있다. 소란의 껍질들이 침묵을 방해하고, 고요를 만들기엔 너무 환한 그 시간. 정오의 시곗바늘처럼 검지를 입술에 붙이고 하루의 반을 분절시킨다.

"눈을 감으면 다른 세상." 수도원의 방명록에 말라 붙어 있던 그 한 문장. 입을 닫고 귀를 막아도 눈을 감지 못하면 외면할 수 없는 고요. 그렇게 눈을 감으면 다른 세상. 점심을 거른 카페 구석에서나 한낮을 달리는 텅 빈 버스 맨 뒷자리에서도 자주 눈을 감는다. 눈을 감고 마음으로 헤아리던 시간을 기억해 본다. 하루의 남은 반을 위해 하늘과 사막의 경계를 침묵으로 그어 놓은 그 날의 시간을 그리며 그때처럼 눈을 감는다. 나는 자주 그 사막의 중간에 서 있다. 한강을 건너는 버스를 타고서 사막으로 간다.

·

시리아의 팔미라 사막 가운데 우뚝 솟은 마르무사 수도원의 정
오. 사방이 사막이고 같은 분량으로 하늘만 있다. 그림자가 발아
래로 모여들면 온통 햇볕 천지다. 그 외에는 아무것도 없다. 하
늘과 땅 그 중간에 수도원이 있을 뿐. 정오의 태양 아래 사람들
은 침묵으로 지평선을 긋는다. 정오가 되면 사람들은 잠시 정지
한다. 발아래 낮게 깔린 사막과 푸른 하늘의 공허 속에 사람들은
침묵으로 점을 찍는다. 아무것도 하지 않는다. 아무것도 할 것
이 없는 곳이기도 했다. 그곳에 모인 사람들은 세상과 잠시 단절
의 기회를 얻은 것처럼 계획이 없었고, 그런 날들 속의 정오는
하루를 구분하는 경계선처럼 여겨졌다. 그저 침묵, 일시정지. 가
장 복잡하고 빠른 것은 움직이지 않는 몸 안에 갇힌 각자의 마음
과 생각뿐이었다. 아니, 내가 그랬다. 그 고요의 시간에 내 속에
서 움직이는 것들은 모두 지나간 과거뿐이었다. 이미 죽은 시간
들이 생생하게 살아나 내 안에서 복잡했다. 그러고 보면 나는 한
번도, 잠시도 나를 잊은 적이 없었다.
　　잠시 잊으라는 거였다. 눈을 감고 잠시 다른 세상으로 넘어
가 지난 시간도 잊고 지금의 나도 잊고 모두 잊으라는 것이다.

마음속에 펼쳐진 풍경만 유일한 증명이다. 눈을 감고서 보이는 것만 믿으며 보이지 않는 것들은 잠시 잊으라는 것이다. 늘 바쁜 일상 속에서 보이는 것과 보이지 않는 것들까지 증명해 내며 살아야 하는 삶을 잠시 끊고, 잊으라는 시간이다. 하루의 중간. 나머지는 조금 다르게 살라는 시간의 틈이다. 그 시간만큼 잠시 잊어도 좋다. 어차피 우리는 습관처럼 기억하려 할 테니.

우리가 언제 여행을 떠나더라도 그것은 삶의 중간이다. 여행에서 돌아온 우리는 조금 달라져 있을 것이므로. 나머지는 먼 곳에서 데려온 새로운 마음으로 다시 살게 될 것이므로. 그곳에서 잠시 잊으라는 것이다. 그리고 돌아와서 새로 시작하는 것이다. 나머지 반을.

태양의 문신

거실을 뒹굴며 작은 거울 하나를 들고 이리저리 햇빛을 비춰 본
다. 하나를 남기고 아홉까지 세는 술래의 목소리를 들은 것처럼
그림자들이 빠르게 달아나고 햇빛이 어둠에 구멍을 낸다. 그렇
게 잠시 햇빛을 채워 본다. 안다. 아무리 비춰도 태양과 그림자
의 위치는 바뀌지 않을 것이라는 것을. 하지만 가려 있던 기억을
한 번쯤 되살려 볼 수 있다면, 그 기억으로 오래된 기억을 데려
올 수 있다면 잠시라도 삶의 태도가 반짝 빛날 수도 있겠다 싶었
다. 추억은 불을 지피듯 신선한 공기를 채워야 살아나는 것이다.
추억 없이 살 수 있다고 장담하는 사람들의 입가에는 늘 술의 기
운이 묻어났다. 술잔을 기울일 때마다 과거를 늘어놓던 일은 잠
시 잊어버리고서 추억 없이 살 수 있다고 뼈아프게 변명한다. 너

와 나, 우리 모두는 과거의 힘으로 미래를 산다. 만져지지도 않을 것들을 어루만지며 행복하다.

•

뭄바이공항 화장실에서 처음 거울을 봤다. 그때가 여행한 지 여섯 달쯤 되었거나 조금 모자란 시간이었을 테지만 나는 그 해 여름만 세 번을 지냈다. 정확히는 여름만 계속 지낸 것이나 다름이 없는데, 한국의 초여름에 인도로 가서 인도의 본격적인 여름을 맞이했고, 끝내 그 해 최악의 더위를 암리차르 황금사원 앞에서 보냈다.

사십 도에 육박하는 더위는 덥다는 생각도 하지 못할 정도로 농밀한 여름을 내게 주었다. 뭄바이공항에서 마음을 고쳐먹고 한국행을 결심한 것은 더위와 불편한 잠자리와 입에 맞지 않은 음식 때문에 이미 몸에서 십이 킬로그램이 빠져나갔기 때문이었다. 자주 어지럽고 열이 나는 일이, 그저 누구나 여름에 겪는 것이라 여겼기 때문이었다. 거울 볼 일 없는 여행자는 자신의 몸무게가 어느 정도 줄어드는지보다 남은 여행 날짜가 어느 정도 줄어드는지에 더 관심이 있었으므로.

검은 눈으로 희뿌연 거울을 바라보다가 그 속의 사내를 보며 아찔함마저 느꼈다. 나는 행복했지만, 늘 행복했지만, 그것이

진정한 행복이었는지, 아니면 행복 강박에 걸린 사람의 의무적인 상상쯤이었는지 그때는 알 수 없었다. 여행이 고행으로 바뀌어 가고 있던 시점에서도 나는 그저 멀리 달아났다는 지리적 이유만으로 행복하다고 자위했는지도 모른다. 물론 살이 빠질수록 마음이 조금 더 가벼워지는 듯했고 정신의 어느 부분도 맑아지는 것 같긴 했다. 빠진 몸무게야 쉽게 채워질 테지만 내가 그토록 사랑해 보려고 한 인도의 이야기들이 진정 내 속으로 들어왔을까? 여전히 의문하고 끝내 알 수 없을 일이다.

한국으로 돌아와 나는 한동안 앓아누웠다. 정확히 어디가 아프다기보다 빈혈과 간혹 구토증과 허리 결림의 증상이 있었던 것 같고 나는 그것을 누구에게도 말하지 못했다. 여행에서 얻어온 결과 같아서 쉽게 입을 열지 못했다. 그래도 아무 상관 않고 돌아온 자리에서 다시 그곳을 생각했다. 눈이 내리던 한겨울에도 나의 몸에는 여전히 검게 누적된 그날의 뜨거운 일들이 녹아 있었다. 새하얗게 눈이 내리던 성북동 언저리에서 홀로 빈집을 지키며 내 몸의 냄새를 맡았다. 문신의 냄새. 검게 그을린 그 태양의 그림자가 내 몸에 그대로 새겨져 그 겨울 따뜻했다. 입김 사이로 녹는 눈을 바라보며 7월의 뜨거움을 기억했다. 녹는 진눈깨비 위에 뜨거운 그날의 태양이 벌겋게 번졌다. 어쩌면 행복이라는 것이 그 정도가 아닐까 생각했다. 이 계절에도 견뎌 낼 수 있는 기억 속의 그 계절이 있다는 것. 지나간 모든 기억이 현

재의 나침반이 되게 한다는 것. 그 방향이 맞거나 틀리거나 상관
없다는 것. 가는 동안 내가 겪은 뜨거움의 정도를 비교하며 걷는
다는 것. 내가 살아가는 동안 기억을 제외하면 무엇이 남을 것인
가? 보이는 것을 남기는 것보다 이미 본 것을 보이지 않게 간직
하는 것이 더 의미 있지 않을까?

·

그대와 나에게 다시 정오의 태양처럼 뜨거운 계절이 왔다. 다음
계절에 지금의 뜨거운 추억이 시원하게 살아나길 바란다. 지금
가장 좋았던 것들이 어느 날 그렇게 계절처럼 살아나길 바란다.
이미 소비한 시간들이 앞으로 살아갈 날들의 투자라면 될 수 있
는 한, 좋은 기억이라는 이자가 붙어야 할 것이다. 매 순간 그렇
게 살아 낼 수 있는 이의 마음은 가장 오래도록, 가장 뜨겁게 뛸
것이다. 기억해 내야 할 것이 많은 삶보다 추억할 것이 많은 삶
이 아무래도 더 뜨거우리라. 당신의 몸에 태양의 문신. 당신에게
서 나는 그 추억을 보고 싶다. 듣고 싶다.

•

India,
Goa

•

뭄바이Mumbai에서 오래 견딜 수 있는 여행자는 몇이나 될까? 델리공항에 내렸다가 곧
장 다시 돌아갔다는 여행자를 보기도 했지만 뭄바이 역시 마찬가지다. 가난한 배낭 여
행자가 오래 견디기 힘든 곳이며 세상 모든 삶의 형태가 있어서 즐겁지만은 않은 곳이
다. 그렇다면 뭄바이에서 가기 쉬운 고아를 추천한다. 인도의 고아는 남인도에 해당하
며 바다를 길게 끼고 있는 해안도시다. 히피들의 성지며 자연에서 크게 벗어나지 못한
아름다운 마을들이 해변을 따라 길게 늘어서 있다. 지금은 달라졌지만, 2000년대 초
반만 해도 바닷가 백사장에 방갈로를 지어 놓고 하루에 5달러도 안 되는 가격을 받는
숙소들이 즐비했다. 하지만 아직도 그곳은 인도식의 낭만이 있으며 혼자서 하루 종일
넓은 아라비아해Arabian Sea를 바라보며 마음을 가누기에 좋은 해변이 많다. 바다의 투
명도를 따져서는 안 되고 분위기만 가늠해야 한다. 동남아 휴양지와는 또 다른 괴팍한
정이 느껴진다. 고아의 북쪽에서 남쪽까지 크고 작은 해안을 따라서 인도 속의 또 다
른 정서를 느껴 보는 것도 좋은 방법이다. 단, 모두를 둘러볼 일은 아니다. 당신을 부르
는 어느 한 곳에 지겨워질 때까지 있다 보면 그 세련되지 못한 바다를 이해하게 될 수
도 있다. 그럴 때면 아마도 비자 기간이 얼마 남지 않을 수도 있지만.

전부를 책임져야 한다
전부를 선택해야 한다

당신이 좋아할 수 있는
일부분이 아니라 전부를

사랑도
일도
생활도
전부를 선택해야 하고
그것이 전부이듯 살아 내야 한다

그렇게 시작하는 것이다

6월의 엽서

홍해가 푸른 이집트의 다합. 어느 여행자와 점심 안부를 묻다가 홍해에 수직으로 내려앉은 태양을 보고 서둘러 말문을 닫았다. 그 푸른 물결 위에 태양은 가라앉지 않고 차갑게 흔들린다. 푸른 바다에 거울처럼 반짝이는 태양이 너와 마지막 식사에서 봤던 차가운 쟁반 위의 스테인리스 포크 같았다. 예리한 네 개의 모서리에 목덜미가 찔린 것 같았다. 금속처럼 단호했던 너의 눈빛에 나의 마음이 깊이 흔들렸던 것처럼 한낮의 바다가 흔들렸다. 갑자기 급한 일이 있는 것처럼 어색한 연기를 하고 벌건 대낮에 술 취한 사람처럼 허둥지둥 숙소로 돌아오는 길. 아무 일 없는 듯 점심 안부를 묻는 엽서를 써야겠다고 생각해서였다. 모든 것은 갑자기다. 이유 없이 갑자기다. 어디에 있는지도 모르는 너에게 할 말이 생각났다. 유치찬란한 기념품만 진열해 놓은 가게에서 바래 가는 엽서를 한 장 샀다. 주인은 새 것으로 가져가라 했지만 나는 그게 더 좋다며 바보처럼 웃으면서 제값을 주고 엽서를 품었다. 아무것도 아닌 말을 진중하게 보이게 하기 위해서는 낡은 엽서가 좋다. 속내를 다 말하지 못할 거라면 낡은 엽서가 좋다. 엽서를 받는 순간 별말 없이도 오래된 그 엽서에서 나는 멀리 떠난 사람이 되어 있을 것이다. 오래된 사람이 되었을 것이다. 지난 시간의 구김과 오래되어 희끗한 각자의 마음처럼 무심하게 써 내려갈 수 있겠다 싶었다. 철썩철썩 파도가 자꾸만 뜨거운 공기를 몰아붙인다.

바람도 흔적을 감춘 정오의 바다 근처였고, 점심을 걸러 배가 조금 고팠다. 여행자들이 끼니를 찾아 자리를 비운 숙소의 작은 방. 엽서를 바라보다 그 이름을 적는 데 오랜 시간이 걸렸다. 맨 마지막 한 자만 적을까 아니면 이름 없이 보낼까 고민 중이었다. 이름을 적기엔 이미 멀어진 사이였고 적지 않고 보내기엔 더욱 멀어진 것 같은 복잡한 마음이 작은 엽서를 가득 메웠다. 그 엽서를 받기라도 한다면, 한 번에 바로 읽어 버릴 것 같아서 편지가 나을 거라고도 생각해 본다. 작은 여백을 채우는데 바다 냄새 나는 땀이 목덜미를 타고 흐른다. 작은 엽서가 소금처럼 버석거린다.

지난날을 6월에 기억해 내는 건 어렵다. 다 정리하지 못한 마음들이 이미 지나 버린 6월과 같았고, 정리해 버리기엔 아직도 남은 6월과 같았다. 그러므로 6월엔 정리할 것이 없었다. 아무리 핑계를 대 봐도 6월엔 무리다. 그러고 보니 6월엔 뭔가를 쓴다는 것이 처음부터 무리였다. 가만히 앉아만 있어도 땀이 나는데 아무 그늘에나 쓰러져도 여전히 마음은 뜨거운 것을. 피할 길 없다.

아직도 반이나 남은 삶의 시간을 어찌 살 것인가, 내 걱정이나 하며 이 낯선 곳의 시간을 메우자고 생각했을 때 목구멍 깊숙이 걸린 말들이 있었다. "나도 정말 잘 살고 싶어서." 그 말들은 고스란히 눌러 두고 마음에 없는 말들을 적어 놓고 보니 6월은 세월의 끝이기도 했다. 너에게 쓸 말을 온통 나의 반성처럼 구차하게 늘어 놓은 탓에, 낡은 침대 시트 밑에 엽서를 쑤셔 놓고 걸터앉았다. 나만 아는 비밀을 작은 여백에 발설하고 보니 그것은 넋두리였다.

어찌할 수 없는 6월이라면 그냥 묻어 둬야 한다. 6월은 꽃도 아니고 열매도 아니다. 다만, 떨어진 꽃을 생각하고 여물어 갈 열매를 위해 속으로 삼키는 시간이다.

그래도 6월에 엽서를 써야 한다면 내가 나에게 쓰는 수밖에 없다. 생의 마지막인 12월에 펼쳐 볼 마음으로.

돌아와서도 자주 엽서를 쓴다. 여행을 가고 싶을 때 엽서를 쓴다. 아니, 여행을 갈 수 없을 때 엽서를 쓴다. 부치지 못할 때도 있고 간혹 부치는 경우도 있다. 쓰고 나서 그냥 벽에 붙여 두고 그림만 바라볼 때도 있다. 그 그림들을 보며 뒤편에 숨겨진 과거를 읽기도 한다.

할 수 없는 말이 있다. 휴대전화 문자로 보내서는 안 되는 말도 있다. 그럴 때 엽서를 써 본다. 마치 여행 온 것 같은 기분에 젖어, 가까운 이를 멀리 놓고 애틋한 마음으로 엽서를 쓴다. 그것이 크리스마스 카드여도 좋고 생일 카드여도 상관없다. 엽서를 쓰다 보면 나는 멀리 있다. 내가 떠나지 않고서도 가장 멀리 갈 수 있는 방법이 엽서를 쓰는 일이다. 그것은 비행기 표를 사듯, 가야 할 나라를 고르듯, 여행기를 쓰듯 마음속의 일들을 적는다. 바로 건넬 수 없기 때문에 그가 받는 시간 동안 나는 또 여행을 한다. 외국에서 가져온 엽서에 빤한 안부라도 적는 것은 받는 사람의 기분보다 나의 기분 때문이다. 그렇게 꾹꾹 눌러 아무에게나 엽서를 쓰고 한낮의 한가한 우체국에 가서 부친다.

다시 6월이다. 서랍을 정리하다가 부치지 못한 엽서를 발견했다. "밥은 잘 먹냐."고 배고프게 써진 낡은 엽서. 그 다음 말은 상투적인 안부보다 의미 없는 말들로 흐려져 있다. 아직도 선명한 것은 그날의 진열장에서 빼내 온 엽서 뒷면의 바다 풍경이다. 창문에 엽서를 붙여 놓고 골똘히 바라보니 잠시 그 바다가 그립다. 어쩌면 그 바다가 그리운 것이 아니라 멀리 떨어져 애틋했던 그날의 나의 마음이 그리운지도 모른다. 늘 바보처럼 멀리 떠났을 때나 고마운 사람들을 겨우 고마워하고 곁에 있던 사람들을 그리워한다. 곁에 두고서 사랑하지 못하고 고마워하지 못한다. 그러고 보니 엽서라는 것이 온통 내 변명처럼 여겨진다. 다시 6월이다. 그 엽서의 바다 풍경을 바라보며 내가 나에게 엽서를 쓴다. 그날의 마음에 대해서, 그 마음 가까이 다녀갔던 소중한 얼굴들에 대해서 다시 한 번 엽서를 쓴다. 어차피 6월의 엽서는 부치지 않아도 좋으니까.

Egypt,
Dahab

이집트의 또 다른 이집트. 홍해의 보석. 여행자들의 안식처, 오랜 여행자들의 소굴. 푸른 홍해를 하루 종일 헤엄치거나, 파도가 밀려오는 낮은 카페에 앉아서 물담배를 즐기거나, 어떤 식으로든 그곳에 한 번 빠지면 헤어날 수 없는 곳. 모든 여행자가 자기 집처럼 생각하는 곳. 한마디로 미친 곳이다. 그곳에 모인 여행자들은 각자 한가로움에 취해 바쁘다. 딱히 할 일이 없다면 그 한가롭고 평화롭고 어지럽게 일렁이는 여행자들 사이에서 바닷물에 발을 담그고 한 장의 엽서를 써 보라. 쓰다 보면 바빠질 것이다. 당신이 마음에 두고 있는 그 사람을 어떤 식으로든 그곳으로 불러들이고 싶어서 마음이 바쁠 것이다. 그런 곳이다. 홀로 지내기엔 너무 아까운 곳. 이집트만 여행하려던 사람들은 대부분 다합까지 흘러 들어와서 새로운 여행을 시작하게 된다. 그곳은 그런 곳이다. 싸구려 숙소가 지천에 널려 있고 그 숙소의 침대에서 그대로 바다로 뛰어드는 데 한순간이면 되는 곳. '당신도 그곳에 가시거든 제게 꼭 엽서 한 장 보내 주세요!'라고 부탁하고 싶다.

지금, 나는 자주 낯선 곳을 그리워한다. 두리번거릴 일 없고 휘청거릴 일 없는 이 곳에서도 자주 그날처럼 넘어진다. 당신 생각에 내가 걸려 자주 넘어진다. 넘어진 자리에서 제일 먼저 생각나는 것은 창피함도 아니고 당황스러움도 아니다. 두려움 이다. 혹시라도 복잡한 거리 어디선가 당신이 볼까 봐. 온통 익숙한 것뿐인 이 도 시에서 되도록 당신 생각을 하지 않으려다가 넘어진다. 아직도 흔들리는 것이 두 려워서. 어디서 넘어지더라도 당신과 함께했던 익숙한 곳이라서. 넘어진 그 자리 에 당신만 없기 때문에. 결국 당신으로 인해 나는 익숙한 이 도시에서도 낯선 여행 자가 되었다. 당신은 아직도 거세게 있다.

변함없이 변하지 않는

자주 헷갈린다. 아니다. 헷갈리는 게 아니라 외워지지가 않는다
는 것이 더 정확하다. 새로운 주소는 간단한데 오히려 복잡한 옛
주소보다 외워지지 않는다. 아둔한 기억력 때문이기도 하고 익
숙하지 않은 길 이름 때문이기도 하고 새로운 것에 대한 거부감
이기도 하다. 여행에서 돌아오면 새롭게 치러야 할 관공서의 절
차라든가 이미 지나 버린 세금 고지서를 챙기다가 문득 내가 알
던 주소와 새롭게 바뀐 낯선 주소 사이에서 한참 멍하다. 때로는
그 낯섦이 낯선 곳에서 처음 내딛는 발걸음보다 아득할 경우가
있다. 나는 늘 새로운 곳에서 오래된 나를 꺼내 보곤 했다. 그것
은 어쩌면 새로운 곳에 대한 열망이 아니라 오래전에 좋았던 나
의 마음속 어딘가를 헤아리는 것처럼 말이다.

하지만 이 역시 익숙해지리라. 우리는 늘 파도를 넘듯 다가오는 새로운 물결을 하나하나 안간힘을 다해 잘 넘고 사는 데 보람을 느끼고 있지 않은가. 그리고 그것이 곧 성취이자 삶의 성적표라 생각하고 있지 않은가.

．

고층 빌딩이 즐비한 그곳은 원래 바닷물이 출렁거리던 아름다운 어촌 마을이었다. 내가 태어난 곳이기도 하고 어릴 적 대부분을 보낸 곳이기도 하다. 해운대 바닷길을 따라 걸으면 동백섬이 나오고 동백섬보다 작은 집들이 옹기종기 모인 마을은 운촌雲村이라 불리는, 구름처럼 부드럽고 동백꽃처럼 예쁜 마을이었다. 그 작은 마을 안에 어린 시절의 대부분이 아름답게 저장되어 있다. 팬티 바람으로 신작로를 건너면 바로 바다에 뛰어들 수 있는 그곳. 여름이면 각지에서 해운대로 몰려드는 사람들을 구경하며 시간을 보내던 곳. 친구와 손을 잡고 작은 포구에 나가서 주인 없는 배 안에서 선장 놀이를 하며 상상 속에만 있던 나라의 이름을 외치며 항해하던 곳. 그때 나는 알았을까? 이렇게 오랜 여행자가 되리라는 것을. 그 작은 마을은 내게 가장 큰 놀이터였으나 세상과는 조금 동떨어진 곳 같기도 했다. 바로 옆의 해운대는 아주 크고 유명한 동네였지만 그 곁에 있는 작은 마을을 아는 사람은 별로 없다. 나는 그 마을을 절대 발견되지 않은 유물처럼 여기며 성장하는 내내 가슴에 새기고 있었다. 그곳에서 보낸 유년의 기억은 내가 살아오며 간직한 추억의 절반만큼 크다. 조그만 집에서 가족 모두가 살던 나의 첫 동네. 내가 태어나고 처음 말을 배우고 걷고 뛰며 첫 친구를 만들고 처음 학교에 입학하고 처음 친구를 떠나 이사했던, 모든 것이 처음이던 나의 첫 동네. 그렇게 모든 것이 처음이던 고향. 이사하던 날, 친구에게 어른이 되면 먼저 배를 사는 사람이 꼭 초대해서 함께 멀리 가 보자는 약속을 골목 깊숙이 묻어 놓았던 나의 첫 동네. 처음은 사라지기 쉬우나 절대 잊힐 수 없는 법이다.

그 동네가 사라진 지 오래다. 언젠가 오랜 여행에서 돌아오자마자 일명 '해장여행'을 하겠다며 짧은 여행으로 나는 그곳에 갔다. 가는 동안 내내 '혹시라도 나를 알아보는 사람이 있을까? 아니, 그들이 아니더라도 내가 그중 한 사람이라도 알아볼 수 있을까? 가장 친했던 그 친구는 어디로 갔을까?' 하는 상상으로 가슴이 울렁거렸다. 상상만 했을 뿐 큰 기대는 하지 않았다. 그러나 근처 어디에서도 예전 기억의 흔적이라고는 단 한 뼘도 찾아볼 수가 없었다. 내 기억 속에 단출하고 소박했던 그 마을은 이제 그 지역에서 가장 화려하고 변화한 곳이 되어 있었다. 유명한 바닷가 옆에 있던 이유로, 무명이 숙명인 줄로만 알았던 그곳이 유명한 그 바다보다 더 화려하게 변해서 비현실적인 느낌까지 들었다. 아무리 세상일은 한 치 앞을 알 수 없다지만 어쩌면 그리도 말끔하게 다른 세상이 될 수가 있을까? 신기하고 신기한 마음에 잠시 낯선 여행지에 떨어진 기분이었다. 수평선을 가리고 있는 거대한 건물들이 하늘 아래 첫 풍경이 되어 바다를 경호하고 있었다. 나의 수영 실력으로는 도저히 헤엄쳐 나갈 수도 없는 먼 거리까지 말끔하게 아스팔트가 포장되어, 그 옛날의 망망대해까지도 눈을 감고도 안전하게 걸어서 나갈 수 있게 되었다. 높고 높은 건물들이 다른 세상으로 만들어 놓았다. 바다도 변하는구나! 바다도 변할 수 있구나! 생각하고 나니 모든 것이 섭섭하고 허망했다. 그 섭섭함은 나만의 것이리라. 변하는 것이 당연할 것이다. 세상에 변하지 않는 것이 몇이나 되겠는가? 발전이라는 이유로 사라진 정서가 얼마나 많을까? 섭섭해하는 것이 이상할 것이다. 편리한 것을 좋아하면서도 늘 지나간 것들에 대한 미련은 숨길 수 없다.

그런 면에서 나는 늘 느리다. 느린 것을 그리워한다. 아니, 오래된 것을 동경한다. 그래도 다행인 것은 내가 언제 가더라도 변하지 않고 나를 기다리는 풍경 한 곳쯤은 있다는 위안으로 나는 돌아간다. 차창 너머로 멀리 보이는 그 바닷가 동네에 그 친구도 한 번쯤 나처럼 다녀갔을까? 친구는 그 약속을 기억하고 있을까? 사라진 바다 위에 떠 있는 허공에 대고 지킬 수 없는 그 약속을 올려 본다. 하늘이 바다를 대신해 변함없이 파랗다.

함피. 오래된 박물관 같은 마을. 모든 것이 바위투성이며 그 사이사이 얼룩처럼 초록의 싱싱함이 묻어 있다. 가끔 커다란 바위 틈에서 조그만 아이들이 토끼처럼 튀어나오기도 하고 바나나 숲 뒷길로 새로운 여행자들이 오후의 산책을 하기도 한다. 인도의 색다른 풍경이다. 나는 그곳을 좋아한다. 황량하게 펼쳐진 붉은 바위들과 그 사이에 드문드문 피어난 초록 잎들의 대조적인 질감이 인도 같지 않은 인도의 모습이라 생각했다. 바위처럼 박혀서 오래오래 그곳을 떠나지 못했다. 몇 번을 다시 가도 달라지지 않을 풍경 때문에 두 번째 갔을 때 마치 내가 오래된 사람처럼 느껴지기도 했다. 그리고 세 번 가야 하는 이유가 생겼다. 세 번째가 곧 오리란 걸 안다.

늘 인도를 갈 때마다 버릇처럼 그곳을 생각하지만 매번 가지는 못했다. 지리적 이유가 가장 컸다. 그래서 늘 그리웠다. 아무것도 할 것이 없다는 이유로 그렇다. 휴식을 위한 여정으로 늘 그곳을 생각했다. 바위처럼 굴러다니며 바위처럼 박혀서 바위처럼 아무것도 하지 않아도 천 년쯤은 그냥 흘러갈 그 묵직한 마을을 지금도 나는 자주 생각한다.

두 번째 그곳을 방문했을 때 나는 집채만 한 커다란 바위가 따뜻한 입김 한 번으로 갈라지는 듯한 감동을 받았다. 감동이라

기보다 생각지도 못한 훈훈함을 느꼈다고 해야 할 것이다. '다시 찾아가는 그 마을은 어떻게 변했을까?' 하는 생각에 설레는 맘도 잠시. 우다이푸르에서 꼬박 서른세 시간의 버스 이동으로 지칠 대로 지친 몸으로 겨우 남루한 버스 정류장에 닿았을 때, 가장 먼저 눈에 들어오는 것이 작은 음료수 가게였다. 낙엽이 바람에 굴러가듯 그 가게로 들어갔다. 익숙한 곳 같기도 하고 목이 말라서였기도 했을 것이다. 늘 어린아이처럼 좋아하던 인도에서 가장 흔한 음료수 라임카 한 병을 주문하고 낡은 의자에 걸터앉았다.

　새콤한 라임카를 건네던 할아버지께서 나를 빤히 쳐다보시면서 "아주 오랜만이군! 그렇지?"라고 하시는 게 아닌가. "저를 아세요?" 하고 묻는 나는 미안하고 당황스러웠다. 솔직히 나는 그 할아버지를 기억하지 못했다. 그 가게를 기억하기는 했지만 정확하게 그 할아버지를 알지 못한다고 생각했다. 아니, 잠시 잊고 있었는지도 모른다. "그 웃음, 그 머리, 무엇보다 너는 매일매일 림카." 그렇게 또박또박 말씀하신다. 삼 년 만의 방문이었는데 그곳에서 누군가 나를 알아보는 일이 신기했고 감동적이었다. "나는 많은 여행자를 기억하지! 이곳에 오는 여행자들은 비교적 오래 머물거든." 이럴 수도 있구나, 하는 마음이 들었다. 기억을 해도 내가 했어야 하는데 한 곳에 머물며 흘러가는 많은 사람을 기억하시다니. 아무래도 기억은 머리가 아니라 마음인 이유로 그럴 것이다. 그 말을 듣고 보니 모든 것이 예전과 같았다.

내가 앉아 있던 의자도, 그 조악한 가게도, 먼지를 풀풀 날리는 한낮의 마을 풍경도 모든 것이 예전처럼 살아나는데 할아버지만 기억에 없었다. 미안한 마음에 미안하다는 말도 못 하고 잠시 입을 닫았다. 이 지구 상 어딘가의 낯선 곳에서 누군가에게 기억되고 있다는 사실이 기적 같았다. 아니 따뜻했다. 그 따뜻함이 뜻밖이었다. 모든 것이 변함없는데 나만 변해 버린 사람 같아서 오래오래 그 의자에 앉았다. 그때도 그랬을 것이다. 어린 시절 그 바다에 모래가 채워지고 하늘을 향해 높은 콘크리트 건물들이 올라가는 동안에, 나는 할 일 없는 이곳에서 늘 좋아하던 음료수를 마시고 늘 같은 길을 걸었을 것이며 비슷한 사람들을 만나서 비슷한 인사를 했을 것이다. 그 이유로 지루한 그곳을 오래오래 떠나지 못했을 것이다. 낯선 곳에서 익숙한 풍경을 만나고 나를 알아봐 주는 이와 함께 잠시 앉아 있는 것. 그런 것이 자꾸 나를 끌어당긴다. 그런 이유로 자주 길 위에 선다.

어쩌면 여행은, 늘 새로운 것을 추구하는 것이 아니라 익숙한 것을 새롭게 비추어 보는 것이 아닐까? 산다는 것 역시, 늘 새로운 것을 기대하기보다 익숙한 모든 것을 변함없이, 변함없는 마음으로 오래오래 숙성시켜 그 완성을 지켜보는 것이 아닐까?

세상이 아무리 빠르게 흘러가도 어딘가에 나의 마음 하나를 묻어 둘 곳 있다면, 자주 그곳을 생각하며 그곳에서처럼 살아도 좋겠다고 생각해 본다. 빠른 세상의 속도에 발맞추는 일보다 내가 걷는 속도를 잘 이해하고 그것을 한 발 한 발 바르게 걸으며 내가 나를 신뢰하고 사는 일을 가장 중요하게 여겨야 할 것이다.

그곳을 떠나는 날. "할아버지, 저 바위처럼 오래오래 사세요!"라고 인사하고 말 없이 커다란 바위처럼 웃는 할아버지를 뒤로했다. 그렇게 약속 없이 인사했다. 그리고 바위에 글자를 새기듯 다짐한다. 언젠가 다시 오는 날, 내가 먼저 인사하리라. 그때는 할아버지께서 나를 기억하지 못한다 해도. 그리고 저 바위에게 물을 것이다. 너는 여전히 그대로 여기에 있구나, 하고.

India,
Hampi

인도의 모든 주가 서로 다른 모습으로 존재감을 드러내지만 함피는 조금 더 특별하다. 아주 작은 마을. 통가바드라강Tungabadra river을 가운데 두고 마을이 둘로 나뉘어 있다. 사방이 온통 바위투성이지만 바나나 숲과 녹음이 어우러지는 곳이라서 신비로운 시골 정서를 느끼기에 충분하다. 여행자들은 망고나무 식당에서 나무 그네를 타거나 하루 종일 통가바드라강을 바라보며 낮잠을 자기도 한다. 무엇보다 오토바이를 빌려서 바위 사이로 드라이브하는 기분은 상당히 신 날 것이다. 보름달이 뜨는 밤이면 거대한 바위들이 신비롭게 제 모습을 드러내고 가장 흔한 것은 고요와 별빛이다. 인도의 어느 지역과도 구분되는 고요의 정서가 있는 곳이다. 시간대별로 달라지는 바위의 빛을 쫓아서 한 번쯤 그곳에 도착한다면 그리고 그곳에 매료된다면 쉽게 빠져나오지 못할 곳이다. 여러 종교 유적지가 있지만 다른 지역에 비해 자랑할 만한 수준은 아니다. 함피에서 고아로 갈 때는 반드시 기차를 타길 바란다. 인도에서 가장 아름다운 산악 구간을 체험하게 될지도 모른다. 당신이 차창에 머리를 대고 꾸벅꾸벅 졸고 있을 즈음 누군가 환호할 것이다. 바로 산꼭대기에서 바닥으로 떨어지는 폭포를 지날 때다.

그대 그곳에 있어 달라
내가 돌아올 때까지
그곳에 있어 달라
나는 그렇게 못하지만
그대는 그렇게 해 줬으면 좋겠다

안다
나의 이기심이라는 것을
하지만 그대는 그렇게 해 줬으면 좋겠다
모를 것이다
그대는
내가 얼마나 오래 그대를
내 쪽으로 끌어당겼는지
그렇지 않고서야 어찌 그대와 내가 이리도 팽팽하겠는가

그대,
내가 돌아올 때까지 그곳에 그대로 있어 달라
한 번쯤 그대가 그렇게 해 줬으면 좋겠다
그대는 전혀 모르시겠지만,
아무리 멀고 먼 곳에서라도
나는 한 번도 그대를 배신한 적 없으니
그대는 한 번쯤 그렇게 해 줬으면 좋겠다

낯설고도 따뜻한 오후의 골목

야즈드의 모든 골목에서 따뜻한 흙냄새가 났다. 사실 흙냄새라기보다 세월의 냄새라고 해야 할 것이다. 그래서 따뜻했을 것이다. 그곳의 모든 집과 담벼락은 여느 사막 지역과 다를 것 없이 두터운 흙으로 만들어진 평범한 구조물에 지나지 않았지만, 이상하게 좁고 구불구불한 그 골목은 따뜻한 심장 속 같았다. 사막의 뜨거운 열기를 반쯤은 차단해 주던 깊은 골목을 날마다 걸었다. 골목 위로 열린 파란 하늘은 길게 뻗은 강물처럼 시원했다. 미세한 실바람이 담벼락을 긁었고, 한낮의 허공의 구름을 징검다리 삼아 담 사이를 넘나드는 고양이의 모습이 유영하는 물고기처럼 유연했다. 그러다가 가끔 골목 끝으로 검은 차도르의 여인들이 그림자처럼 나타났다가 물결처럼 사라지기도 했다. 온종

일 걷다가 멈춰서 그 담벼락에 등을 기대면 벽 안으로 스펀지처럼 흡수되던 땀의 기억들. 그 기억의 온도는 뜨겁지 않고 따뜻하다. 골목은 젊은 심장처럼 살아 있었다. 쉴 새 없이 인사하던 얼굴들과 쉬어 가라며 대문을 열던 얼굴들. 그 얼굴들은 자주 사원을 향해 기도를 했고 자주 무언가를 나누려고 했다. 태양이 뜨거운 시간에 나란히 앉아 차를 나눠 마시며 그저 평온하던 그 얼굴을 기억한다. 그 골목이 좋았다. 내 뇌리에 들어온 것이 그 얼굴들이 먼저였는지 그 골목의 풍경이 먼저였는지는 상관없다. 홀로 걷는 내게 끊임없이 새로운 풍경으로 인사하던 그 골목들. 오래되고 낡은 골목에서 잠시 내 미래의 풍경을 봤을지도 모른다는 생각을 했다. 별일 없다면 나도 이런 풍경에 속해서 살게 될지도 모른다는 막연한 생각. 그것은 기대였거나 희망이었는지도 모른다. 이렇게 따뜻한 사람들과 깊숙이 관계하며 나도 그들을 닮아가며 이 골목에서 순하게 살았으면 좋겠다고 생각했다.

·

"사람은 누구나 태어난 곳에 뼈를 박고 그곳에 살을 붙여 행복한 근육을 늘리며 건강하게 살기를 원한다." 가능하다면 그렇게 해야 한다고 어른들께서 자주 하시던 말씀이다. 자신의 터를 함부로 바꾸는 일에 대해서 말씀하시는 것이다. 하지만 나는 그렇게 살지 못했고 앞으로도 그렇게 살지 못할 가능성이 크다. 나처럼 한곳에 뿌리내리지 못하는 사람은 자기 땅을 정하고 그곳에 작은 달팽이집이라도 짊어지고 사는 일이 불필요하므로. 아니, 요즘 세상에 주상복합이나 아파트 한 채를 내 것으로 갖기에 내 능력이 턱없이 부족하다는 것을 알기에.

모든 게 휘어져 버릴 정도로 바람이 불던 제주도를 떠나 다시 서울로 거처를 옮겼다. 어딜 가나 탁 트인 바다와 마주하던 제주도에서 도시의 외곽, 성북동 꼭대기에 올라 보니 저 아래 보이는 빌딩 숲이 깊은 바다와 같다. '서울에서 마지막 남은 달동네인 북정마을'이라고 쓰인 현수막이 비스듬하게 명찰처럼 달려 있다. 아직도 도시가스가 공급되지 않는 집이 많고 편의 시설이라고는 보기 힘든 이 동네는 집과 집들이 따개비처럼 옹기종기 이마를 맞대고 옹기종기 서로의 온도를 보태며 사는 곳이다. 지금까지 서울에 이런 동네가 존재한다는 것이 의아한, 마지막 남은 달동네. 저 아래 높은 빌딩에서 살기엔 내가 가진 모든 것을 털어도 불가능하다는 당연한 이치에 이 성가시고 불편한 달동네는 내 마음의 증거가 되기도 할 것이다. 개발을 두고 의견이 분분하지만 아무래도 도시에서 소외된 것이 아닌가 생각해 본다. 마음만 먹으면 언제든 이 작은 동네 하나쯤은 바꿀 수도 있을 텐데 말이다.

이사 오던 날, 냉장고가 집 앞 골목에서 몇 번을 멈추는 바람

에 짐을 나르는 분들의 짜증이 골목처럼 깊었다. 대형 냉장고도 아닌 중형에 가까운 소형 냉장고지만 두 사람이 나란히 걸을 수 없는 좁은 골목이 문제였다. 어찌할 수가 없었다. 냉장고가 진화하기 전에 생긴 이 오래된 골목에서는 사람이 집에 맞춰서 살아야 하고 사람이 이 골목에 맞춰서 걸어야 하는 수밖에 없다. 본의 아니게 미안하고 불안했다. 몇 번의 시도 끝에 겨우 냉장고를 들여 놓고 보니 이 동네에 사는 것은 불편함보다 미안함이 더 클 수도 있겠다는 생각에 방향 없는 한숨이 터져 나왔다. 앞으로 나를 찾는 이들에게 매번 이런 불편을 대접해야 하는 것이겠구나, 생각하니 마음이 편하지만은 않았다. 이곳에서 지내는 동안 저 아래 화려한 도시에 빗대어 자주 복잡한 소통을 하며 살아야 할 것이라는 예감이 들었다.

　이사한 지 일주일이 되던 날, 집 근처 마을버스 정류장에서 이웃 할머니께서 나를 불러 세웠다. 늘 정류장 작은 구멍가게에 앉아서 오가는 사람들의 안부를 물으며 인사를 빼놓지 않으시던 할머니다. 어떤 때는 그게 약간 부담스럽기도 해서 버스에서 내리자마자 빠른 걸음으로 지나치기도 했다. 딱히 어떤 안부를 주고받아야 할지, 늘 똑같은 "안녕하세요!"라는 의무감에 버릇처럼 인사하는 일도 겸연쩍어서였다. "아이고, 왜 이리 안 나타나? 나는 늘 여기서 할머니들이랑 시간을 보내는데, 이거 주려고 기다렸어. 혼자 이사하느라 힘들었지? 이거 가져가! 그리고 이웃

된 거 축하해. 열심히 살아!" 두루마리 화장지 한 세트를 끝내 거절하지 못하고 묵직하게 받았다. 그 커다란 것을 들고 바닷게처럼 옆으로 걸으며 모퉁이를 돌 때마다 할머니 말씀이 자꾸만 화장지처럼 부푼다. 담벼락에 어깨가 부딪히듯 가슴 속으로 뜨거운 것들이 부딪힌다. 고마움이 팽창해 골목도 비좁고 마음도 비좁다. 낯선 나에게 '이웃'이라 말해 주신 그 음성이 따뜻하게 부풀어 올라 마음이 꽉 찬다. 잠시 눈시울이 붉어졌던가? 감사의 인사를 전하던 내 목소리는 떨렸던가? 기억 나지 않는다. 아직도 이런 마음이 남아 있는 동네. 살아 보니 아직도 이런 따뜻함이 아무렇지 않게 건네지는 곳. 내 이웃이 누구인지 관심 없는, 나와 상관없는 사람과는 눈인사 한 번 건네기 힘든 요즘. 이웃이라는 단어를 사용해 본 적이 까마득한 나는, 잠시 저 아래 화려한 도시의 불빛을 부러워했던 마음이 부끄러워졌다.

　뜨거웠던 그날, 깊고 깊은 골목을 혼자 배회하며 수많은 인사로 땀을 식히던 그때가 곁으로 왔다. 아니, 어딘지 모르고 아무데나 짐을 풀고 마음 붙이려 했던 그날 내가 만났던 그곳과 닮았다. 누런 담벼락이 따뜻하게 사람들을 가두던 그곳. 지금은 회색의 시멘트 담벼락에서 다시 그때의 따뜻한 흙냄새를 맡는다. 그날, 내가 막연하게 생각했던 내 미래의 장소가 지금 이곳일지도 모른다. 아니다. 세상엔 이런 따뜻한 곳이 여기저기 있을지도 모른다. 다만, 내 마음이 그렇지 않아서 느끼지 못하고 지났는지 모른다. '어쩌면 누군가 나에게 먼저 그래 주길 바라며 살았던 것은 아닐까?' 생각한다. 내가 먼저였어도 가능한 일들을 말이다. 기억해 보면 그 낯선 곳에서도 항상 그 얼굴들이 먼저 환하게 웃었다.

이 낡고 불편한 동네에 나를 잘 안착시켜 준 마을 사람들의 낯설고도 따뜻한 마음. 우리는 누구나 누군가에게 따뜻한 사람이 될 수 있다는 것을 일깨워 주신 할머니께 감사하다. 사람과 사람 사이의 간격이 골목처럼 좁은 이 동네가 마치 고향처럼 좋다. 잠시 내가 잊고 살았던 기억들을 꺼내 나도 이들처럼 한동안 이곳을 고향으로 여겨, 오래오래 좋은 마음이 되어 살게 될 것이다. 환하게 웃던 그 얼굴들처럼.

Iran,
Yazd

대부분의 여행자들이 말한다. 이란은 세상에서 가장 친절한 사람들을 만나는 곳이라고. 그중에서 야즈드는 이란을 여행하는 사람 대부분이 한 번쯤 머물고 싶어 하는 곳이다. 척박한 사막 지대여서 독특한 주거 문화를 느낄 수 있으며 아직도 구시가지는 전통 가옥 형태를 그대로 지니고 있다. 깊고 좁은 골목이 미로처럼 연결되어 골목을 거니는 것만으로도 훌륭한 여행이 된다. 그 오래된 골목을 걸으면 두꺼운 책을 한 권 읽은 것이나 다름없다. 골목에서 만나는 그들의 인사가 그렇고 그들의 친절이 그렇다. 다른 지역에 비해서 화려한 사원도 없고 굉장한 볼거리는 없지만 저렴한 숙소에서 짐을 풀고 있는 오랜 여행자가 많다. 그만큼 한적한 분위기를 즐기는 느린 여행자들이 선호하는 곳이다. 나는 그곳을 심심해지기 위해 가는 곳이라 말한다. 그 심심함을 즐길 수 있는 곳이다. 시가지 곳곳에 있는 오래된 사원들과 박물관, 물 저장소들을 다니며 지나간 시간의 흔적을 느끼는 것도 좋고, 야즈드 근교에 있는 고요의 탑Towers of Silence에서 황량한 풍경을 바라보면서 잠시 평온에 젖어 보는 것도 좋다. 하지만 무엇보다 좋은 것은 골목 골목에서 그들의 삶과 생활을 만나는 것이다.

운명과 숙명도 결국 생활의 일부. 세상에 특별한 일이라는 것도 매순간이며 찰나이다. 그것은 언제 올지 어디서 올지 아무도 모르는 것이므로 지금 현재의 자리에서 현재의 시간을 사랑하는 일. 그것이 곧 특별한 순간이다. 어느 날 운명처럼 다가오는 행운도 알고 보면 당신이 준비한 순간순간의 많은 일 중 하나다.

쉽지가 않아

사거리에서 빠져나온 그 택시를 타자마자 뭔가 다른 기분이 들었다. 잠시 외국인이 된 기분이 들기도 했고, 어느 낯선 나라의 택시로 순간이동한 것 같은 느낌이기도 했다. 요즘 들어 외국 사람들이 부쩍 많이 이용한다는 것은 알고 있었지만, 그 택시는 어떤 외국인이 타더라도 마음이 편안하겠다는 생각이 들었다.

내가 앉은 앞자리에 네 가지 언어로 이런 말이 붙어 있었다. "환영합니다. 모든 사람이 당신을 환영합니다." 언젠가 긴 여행 도중, 낯선 나라의 복잡한 거리에서 우리나라 모 기업의 슬로건이 적힌 유니폼을 입은 현지인을 봤을 때 얼마나 반가웠던가? 그리고 북인도의 어느 산골 마을, 꼬마 숙녀가 '중앙피아노학원'이라고 프린트된 가방을 앙증맞게 메고 산길을 오르는 그 모습은

또 얼마나 반가웠던가! 포토시에서 우유니로 향하던 버스 내부는, 수유리의 마을버스 노선표와 광고지를 그대로 달고 덜컹거리는 바람에 잠시 그곳이 볼리비아가 아닐지도 모른다고 생각한 적도 있었다. 그런데 택시를 타자마자 모국어로 환영 인사를 받는다면 그건 또 얼마나 기쁠까?

기사 아저씨는 자신의 일에 대단한 자부심을 가진다고 말했다. "저도 젊은 시절 외국을 많이 떠돌았어요. 그때를 생각하면 늘 긴장의 연속이었던 것 같아요." 돈을 벌기 위해 낯선 나라에서 노동자로 살아간다는 건 여행자와는 또 다른 느낌이었을 것이다. 그는 한국을 찾는 외국인을 보면 이상하게 마음이 끌린다고 했다. 그에게서도 길 위의 냄새, 바람의 냄새가 났다. "이건 대통령도 할 수 없는 일이예요! 한국을 처음 방문하는 사람에게는 제가 처음이잖아요! 그래서 저는 누구보다도 중요한 사람이라고 생각해요. 낯선 나라에 와서 처음 보는 풍경이 얼마나 긴장되겠어요?" 밝은 그의 목소리가 붉은 신호등에 걸렸다. 힐끗 얼굴을 쳐다보더니 "처음엔 외국인인 줄 알았어요." 하면서 웃으신다. 그도 나에게서 여행자의 냄새를 맡았으려나.

인천공항을 자주 다니신다는 그 기사 아저씨는 각 나라 언어들을 조금씩 다 안다며 벙글벙글 초록 신호처럼 신선하게 몇 가지의 인사를 했다. 나는 그렇게 또 잠시 여행자가 되었다. 차창 밖을 스쳐 가는 복잡한 시내에서 잠시 어느 날의 기억들을 또 만난다. 처음 보는 사람, 처음 하는 대화, 처음 나누는 감정. 모든 처음은 한 번뿐이라 그만큼 많은 것을 좌우한다. 물론 그 한 번으로 그것을 전부 이해하거나 판단하기는 힘들겠지만 말이다. 내가 당신을 처음 봤을 때 끝을 생각하지 않았던 것처럼. 처음은 감동을 줄 수도, 실망을 안길 수도 있다. 매 순간 우리는 삶의 처음에 있으니 내가 만나는 모든 것에 처음과 같은 마음이 적용될 수 있으면 얼마나 좋을까.

·

간혹 오후 네 시면 마음이 아프다. 시리아의 알레포. 무채색 도시가 환하게 나를 반기던 그 오후의 시간으로 다시 갈 수 없어서. 지금도 총격전이 난무한다는 그곳을 떠올리면 오랜 지병을 앓듯, 내가 나를 보살피듯 위로한다. 모든 것이 한순간에 무너지고 모든 것이 한순간에 되살아나던, 내게는 전쟁 같던 그날. 그 시절의 모든 것이 애틋하다.

당신과 헤어지고 가장 멀리 떠나고 싶었던 이유로, 처음으로 긴 여행을 떠나기로 했던 그때. 자꾸만 삐걱댔다. 모든 것이 쉽지 않았다. 다 당신 때문이라고 원망하는 배낭의 무게는 한없이 무거웠다. 그때는 그랬다.

터키 카파도키아에서 출발한 늦은 오후의 버스는 보름밤 구

름처럼 느리게 달렸고 결국 태양이 밝아 오는 시간에도 터키를 벗어나지 못했다. 갑자기 한밤중에 버스가 정차했고, 그것을 살려내는 동안 모든 사람이 밤의 그림자처럼 할 일 없이 버스 주변을 서성거렸다. 잦은 일이었다. 여행 중 신경이 끊어지듯 삐걱거리는 일은 아무렇지도 않았다. 이유 없이 한 사람에게서 떨어져 나오기도 하는데 그런 유기적인 일들은 숨 쉬듯 아무렇지 않을 수 있었다. 그래서 오히려 어느 때는 그것이 힘이 되기도 했다. 이 시간이 지나면 또 내게 어떤 일이 다가올까 하는, 진취적인 청년이 되어 피곤함도 몰랐다. 한낮이 되어서야 시리아 국경에 닿았다. 버스 기사는 비자를 받아야 할 나와 다른 외국인에게 얼른 뛰어가 줄을 서라고 말하고 빠른 시간 안에 다시 버스로 돌아오길 당부했다. 나도 그러고 싶었다.

국경이란 아무리 자주 넘어도 긴장되기 때문에, 대부분의 여행자가 국경에서는 다소곳한 마음으로 자기 차례를 기다린다. 출입국 신고서 중간쯤, 직업 작성란이 문제였다. 대부분의 서양 여행자들은 학생이라고 간단히 쓰고 태연하게 기다렸지만 나는 그렇게 하지 못했다. 누가 봐도 선생 나이지 학생 나이로는 안 보일 거라는 생각에 나의 최종 직업을 적었다. 아트디렉터라고 쓰고 공손하게 내민 입국서를 한참 보던 심사원이 이게 뭐냐고 물었다. 어떻게 설명할까 고민하다가 디자이너의 총괄책임자라고 웃으며 말했지만, 서로가 서로의 공통어를 알아듣지 못해 짜증이 쌓였다. 늘어진 배만큼 심술이 가득한 그는 빨간 볼펜으로 두 줄을 긋고 다시 써 오라고 했다. 죄송하지만 이 위에 다시 쓰면 안 되겠냐는 나의 애원에 그는 냉정하게 안 된다고 짧게 말했다. 커다란 눈을 치켜뜨고 자신이 아는 직업으로 써 오라고 말하며 파리를 쫓듯 손을 저었다. 입국장 안의 더운 공기쯤은 얼마든지 참을 수 있었지만, 대기하고 있는 버스를 생각하니 온몸이 식은땀으로 흠뻑 젖었다. 그가 아는 직업은 수도 없이 많을 텐데 왜 아트디렉터를 모를까? 그보다 그가 아는 직업이 뭔지, 무슨 직업을 써야 할지 신경질이 났다. 하지만 나는 입국장 안에 서 있는 힘없는 여행자였다. 긴 입국 신고자 줄의 맨 끝에 다시 쭈그리고 앉아 하염없이 생각한다. 학생이라고 써야 하는지 선생으로 써야 하는지 여전히 갈등을 하면서 자존심이 바닥을 쳤다. 참기 힘들지만 참아야 한다. 이대로 다시 터키로 돌아가는 것은 말이 안 되니까. 참아야 한다. 살면서 이런 말도 안 되는 일이 얼마나 많을까? 위로하며 수백 번 침을 삼켰다. 도무지 줄지 않는 줄과 이미 한 시간이나 지나 버린 상황에 버스를 향한 나의 미안함이 억울했다.

버스 기사는 입국장의 맨 뒤에 쭈그리고 앉은 나를 발견하고 웃는 얼굴로 말했다. "뭔가 잘못했구나!" 아니라고 했다. 여기에 내 직업을 썼지만 그가 이해하지 못한다고 말했다. "걱정하지 마! 내가 너를 책임질게, 여기 그대로 있어." 그는 나의 여권과

입국 서류를 들고 창구 맨 앞으로 다가가 일 분도 채 안 되는 시간에 비자를 받아 와서 건넸다. 일단은 정말 고마웠다. 같이 버스로 뛰었다. 그는 "시리아가 처음이지?" 하며 찡긋 웃었다. 나는 왜 그렇게 생각하는지 묻지 않았다. 그냥 긴장이 풀린 목소리로 고맙다고만 말했다.

군사 시설로 무장된 국경을 벗어나는 동안 나는 내가 할 수 있는 모든 저주를 국경 쪽으로 날려 보내며 불편한 버스에서 흔들리고 있었다. 회색의 시가지가 점점 신기루처럼 다가왔다. 생각보다 크지만 예상보다 화려하지 않은 그 도시가 어느새 내 발밑에 멈췄다. 긴 여행, 쉽게 내릴 수 없어서 맨 마지막 손님으로 자리를 털고 나오며 버스 기사에게 다시 한 번 감사의 인사를 했다. "반드시 다음에 또 오게 될 거야! 물론 다음엔 오늘 같은 일은 일어나지 않겠지? 그때는 처음이 아니니까!"

구시가지 어느 귀퉁이에 배낭을 풀고 그날 오후 산책을 했다. 피곤했지만 궁금했다. 그 도시가. 그 버스 기사도 이 낡은 도시 어딘가에서 밝은 얼굴로 산책을 하고 있을 것 같은 오후. 알레포성을 중심으로 미로처럼 연결된 도시는 걸음마다 사람들의 시선이 따뜻했다. 간식을 파는 작은 가게에서도 사원을 드나드는 출입구의 노점에서도 비슷한 그런 얼굴들이었다. 정리가 되지 않은 어지러운 재래 시장의 끝에서는 영문도 모르는 악수를 몇 번이나 하고 아잔이 고요하게 울리던 저녁, 숙소로 돌아오는

길에 차를 얼마나 많이 얻어 마셨는지 셀 수조차 없었다. 그 무채색 도시가 반짝거리며 빛을 내는 탓에 나는 발목을 잡히고 말았다. 지금 이 순간 오래오래 머물고 싶다는 생각만 유일했다. 불과 몇 시간 전의 마음은 사원의 비둘기들처럼 휑하게 날아가 버렸다. 비둘기가 날아간 노을의 저녁에 맹세했다. 이 수많은 미로 중에 한 곳이라도 제대로 느끼겠다고. 그래서 나의 마음이 그 끝에서 틀리지 않았다는 것을 확인하고 싶다고. 알레포에 머무는 동안 자주 그 기사의 말을 떠올렸다. 확신에 찬 밝은 음성. 반드시 다음에 또 오게 될 거라는 말. 그 이유를 알 것 같았다. 사람에게 실망하고 사람에게 위로받는 일. 우리는 죽을 때까지 이 일을 반복하겠지만 끝내 그 희망을 놓아서는 안 된다. 모든 것이 사람의 일이다. 당신의 오류가 때로는 나에게 상처가 되고 나의 친절이 때로는 당신에게 불편을 줄 수 있지만 그래도 우리는 서로가 서로에게 처음처럼 정성스러웠으면 한다. 그것이 어떤 의도도, 계획도 아닌 채 아무렇지 않게 말이다.

긴 여행의 끝에서 나는 생각한다. 내가 너를 다시 만난다면 우리의 공백은 사라지고 다시 처음일 것이다. 나는 그렇게 할 수 있다. 그렇게 믿고 싶다. 처음으로 너를 만나듯 그렇게 다시 만나고 싶다. 쉽지 않겠지만 처음에도 우리는 쉽지 않았으니.

하루 빨리 그곳에 평화가 왔다는 소식을 듣고 싶다. 그래서 다시 그날처럼 골목의 사람들을 환한 얼굴로 만나고 싶다. 시리아 여행을 마친 직후 계속되는 정치적 악화로 몇 년째 내전의 기미가 가시질 않아서 안타까운 마음이다. 터키 국경에 인접해 있는 도시 알레포는 도착하는 순간 옛날 책을 펼치듯 신비로움에 빠지게 되는 곳이다. 특히 구시가지가 그렇다. 구시가지에 우뚝 솟은 알레포성에서, 360도로 펼쳐진 낮은 도시 전체를 바라보고 있으면 수줍은 그곳의 사람들이 당신을 영화배우로 만들어 줄 것이다. 사인을 해 달라거나 함께 사진을 찍자고 끊임없이 제안해 온다. 알레포성을 중심으로 끝없이 연결된 골목마다 만나는 풍경은 오래오래 가슴에 남는다. 골목 사이사이의 작은 사원부터 화려함을 자랑하는 유명 사원까지 종교적인 색채나 생활상이 아주 오랜 시간 변형되지 않고 남아 있다. 시리아의 유명한 유적지 팔미라에 열광하기 전에 그곳에서 마음을 가다듬고 천천히 그들의 진한 삶을 만날 수 있다면 좋겠다. 이웃 나라 레바논이나 요르단과는 확연히 다른 정서가 있다. 어서 그곳에 평화가 찾아왔으면 좋겠다. 그들이 환하게 웃을 수 있도록.

e 4the

당신이 좋았던 이유를 백 가지는 들 수 있겠다 싶어서 당신의 얼굴을 떠올려
본다. 처음 만났던 순간부터 이별했던 시간까지 좋았던, 당신이 좋았던 것
이 너무 많지만 딱히 그것을 말로 설명하려 하니 그 무엇도 생각이 나지 않
는다. 그건 우리가 더 이상 아무런 관계도 아니니까. 그러니까 정의할 수 없
다. 당신이 좋았던 많은 이유 중에 제일 큰 이유는 그냥 나에게 당신의 존재
가 다였기 때문에, 그 때문에 더 이상 말이 필요 없지 않을까? 그래서 모든
것이 좋았다. 당신을 내가 좋아하니까 당신이 행하는 모든 것이 좋을 수밖에
없지 않은가? 그냥 내 앞에 있었던 그 이유 하나. 그냥.

9.5×4

까치발을 들면 현관문 맨 위에 난 유리창으로 보스포루스 해협
의 푸른 바다가 살짝 보였다. 저녁 무렵이면 모스크 네 개의 첨
탑 모서리 중 하나가 숙소 입구까지 진중하게 악수하듯 그림자
를 드리웠다. 그 첨탑 그림자 꼭대기를 밟고 서서 마치 모스크
의 지붕에 앉아서 담배를 피우듯 여유를 부려 보지만 겨울 저녁
은 늘 아쉬울 만큼 짧았다. 며칠째 한국인 여행자들이 보이지 않
는데도 근처의 식당에서는 김치찌개 같은 고난도의 한국 음식을
아무런 무리 없이 주문할 수 있었다. 다만, 모양만 그럴싸했고
여러 가지 맛이 연상됐을 뿐. 누군가 원숭이를 삼 년만 가르쳐도
이 정도의 맛은 충분히 낼 거라 했던 그 말에 쉽게 동의할 수 있
었다. 그렇게 비정상적인 음식을 먹었지만 불만이 없던 시간이

었다.

　매일매일 갈라타다리를 건너며 유럽과 아시아를 오가는 재미에 빠져, 그 겨울의 이스탄불을 언제 떠나야 하는가에 대한 고민이 가장 큰 숙제였던 시간. 여름의 베짱이처럼 시간이 자꾸만 늘어진다. 가능하다면 이대로 아무 일 없이 평생 유럽과 아시아를 하루에 한 번씩 넘나들며 살고 싶다는 불가능한 상상을 하면서 이스탄불 구석구석을 다녔다.

　숙소에는 일본인 여행자가 가장 많았고 그다음엔 유럽의 여행자 그리고 나머지 각국의 여행자에 포함된 한국인 여행자도 가끔 있었다. 방명록에 한국인 여행자의 흔적은 없었지만 게시판에 붙어 있는 명함 대부분이 한국의 알만한 로고가 찍힌 명함들이었고 더러는 개인사업자나 변호사나 의사 명함이 붙어 있기도 했다. 한 가지 특이한 것은 외국 여행자들은 대부분 여권용 명함판 사진을 기념으로 붙여 놓고 가는데 유독 한국인 여행자들은 자신의 명함이나, 전화번호와 이메일이 적힌 명함 대용으로 만든 종이를 붙여 놓았다. 할 일 없이 게시판 앞에 서서 깨알 같은 명함의 글자들을 읽는데 한참 걸렸다. 빼곡히 붙은 명함들은 내가 한 번도 가져 보지 못한 직업들이었고 앞으로 절대로 가질 수 없을 직책도 많았다. 명함을 가지고 여행하는 사람들이 잠시 부럽기도 했다.

　저녁식사 시간이 한참 지난 때, 노크 소리가 들렸다. 혼자 쓰

긴 했지만 도미토리에서 노크라니. 분명 다른 방 사람이겠지 하고 넘겼다. 하지만 혹시나 싶어 경쾌하게 "예스."라고 하고 문 쪽을 바라보니 샤워한 뒤 머리가 채 마르지도 않은 남자가 있었다. "한국 사람이시죠? 카운터에서 들었습니다. 이 방에 계시다고." 뭉툭한 슬리퍼에 검은 양말을 종아리까지 올려 신은 중년은 반바지를 부담스러운 배 위까지 올려 입고 민소매 속옷 차림으로 뒤뚱거리며 다가왔다. 그나마 대낮이 아닌 게 다행이었다. 스포츠 고글까지 썼더라면 이웃 나라 사람인 줄 알았을 텐데, 그는 알아듣기 쉬운 말로 인사를 했다. 다가와서 맞은편 침대에 걸터앉으며 대뜸 명함을 내밀었다. 유심히 보지는 않았으나 원장이라는 직함이 이름보다 굵게 인쇄되어 있었다. "죄송합니다만 저는 명함이 없습니다." 그렇게 인사하게 될 줄 몰랐다. 여행지에서 명함을 받는 일은 어색했으므로. 남자가 나를 찾아 온 이유는 홀로 여행이 처음이고 그래서 공부를 많이 하고 왔음에도 불구하고 이 도시를 걷다 보면 도무지 판단이 잘 서지 않는다고 했다. 그의 말에 내가 답해 줄 것이 거의 없었다. 나도 이곳이 처음이고 더군다나 다른 나라에서 넘어온 지 얼마 되지 않아서 공부는 더 안 되어 있다고 답을 했다. 며칠 동안 걸어 다녔던 몇몇 곳과 시내버스를 타고 온종일 돌아다닌 곳의 이야기로 마무리를 했다. 남자는 자꾸 나를 의심의 눈초리로 취조하듯 물었다. 그러면 여기 얼마나 더 머무를 것이냐고. 나는 그것도 잘 모른다고 했다. 내일 아침 일찍 떠날 수도 있고 내년에 떠날 수도 있다고 다소 성의 없는 것 같은 말을 했지만 사실이었다. 그 남자는 병이 깊어져 수술로도 고칠 수 없는 환자를 바라보듯 나를 심각하게 보며 "그럼 직장은 어떻게 하시고?"라고 물었다. "돌아가면 알아봐야지요!"라고 답했더니 "능력 좋으시네요!"라면서 웃었다. 순간 내가 능력이 좋은 사람으로 보였는지, 영원히 수습하기 어려운 사람으로 보였는지 모르겠지만 처음 보는 사람에게 그런 질문을 받으니 잠시 입원실 침대에 걸터앉은 기분이 들었다. 그는 자신의 가족사와 현재의 일과 홀로 여행을 오게 된 이유에 대한 거침없는 브리핑을 끝내고서 내게 연락처를 물었다. 드릴 수 있는 것은 이메일밖에 없다고 하자, 그럼 한국에서 몸이 아프면 꼭 자기에게 연락하라는 고마운 말을 남기고 허리로 내려온 반바지를 한 번 더 가슴 아래까지 추켜 올리며 돌아갔다. 손바닥에 있는 명함을 다시 보니 실제보다 열 살은 어려 보이는 국회의원 출마용 같은 사진과 함께 온통 깨알 같은 한자와 한글, 숫자가 어지럽게 박혀 있었다. 한국 사람이 아니면 절대로 알 수 없을 것 같은 그 명함. 휜한 달 아래 푸르스름한 모스크의 둥근 지붕을 바라보면서 그가 참 외로운 사람이구나, 하는 생각이 들었다. 왠지 모르게 그냥 그런 생각이 들었다. 그냥.

간혹 낯선 길 위에서도 자신의 생활이 그대로 보이는 사람들이 있다. 비슷한 배낭을 메고도 자신은 의사였고 변호사였으며,

괜찮은 직장의 좋은 직급을 강조하는 사람이 더러 있었다. 아이러니한 것은 그것이 피곤하여 잠시 떠나왔으면서도 끝내 버리지 못하고 누군가 그렇게 봐 주길 바라는 마음이 커 보였다는 점이다. 그래서 피곤한 인사가 될 때가 있다. 배낭을 메고 여행을 온게 아니라 명함을 이마에 붙이고 길을 나선 사람처럼. 최대한 짧은 시간에 자신의 표면적인 정보를 많이 전달한 다음, 그렇게 인식되어지길 바라는 표정을 자주 읽었다. 그렇게 환경만 바뀌는 것이라면 여행이 될 수 있겠는가? 두고 올 것 없이 전부를 가져온다면 그 또한 여행이 될 수 있겠는가? 아무래도 우리 대부분은 자신으로부터 잠시 물러나 있는 일이 익숙하지 않은 존재들인지도 모른다.

그 후 남자를 보지 못했다. 숙소 게시판에 내가 받았던 명함과 같은 명함이 눈에 띄었다. 내가 받은 명함은 나보다 아파 보이는 사람을 만나면 꼭 전해 줘야겠다는 생각을 하고 나는 건강하게 이스탄불을 돌아다녔다. 가끔 이상한 음식을 한 번씩 먹으며 튼튼한 갈라타 다리를 씩씩하게 넘나들었다. 그래야 돌아간 자리에서 좋은 일을 할 수 있을 것 같아서. 번듯한 명함이라도 한 장 만들 수 있을 것 같아서.

·

ÇEVREYE VER
RAHATSIZLIKTA
ÖZUR DİLE

"선배, 왜 명함을 안 만들어? 일단 명함을 만들어야지!"

"명함 만들 일이 있어야 만들지. 근데 사실 명함을 왜 만들어야 하는지도 잘 모르겠어. 그것보다 뭘 적어 넣어야 할지 잘 모르겠으니까 못 만들고 있는 거지."

"선배가 잘할 수 있는 걸 적으면 되지 않아? 어차피 프리랜서니까 사장도 할 수 있고 직원도 될 수 있는데, 뭘."

생각해 보니 명함의 용도는 지극히 제한적이다. 개인의 성격이나 취향 같은 것은 최대한 배제되어야 그나마 그 작은 공간 안에 밥벌이가 될 만한 내용이 들어갈 수 있으니 말이다. 자신을 나타낼 가장 강력한 한 줄 그리고 그것에 닿기 위한 연락처. 사실 이름과 전화번호 한 번 봐 주는 것만 해도 감지덕지한 세상인데, 구구절절 적는다 한들 무슨 소용이겠는가? 회사 다니는 사람들의 명함이야 당연하다 치더라도 스스로 자기 일을 찾아서 해야 하는 일을 가진 사람들도 그럴싸한 타이틀을 붙여 명함을 만드는 것이 좀 이상하다는 생각이 들었다. 지금도 나는 명함을 만들지 못하겠다. 딱히 어울리는 말도 없고 그렇게 적어 놓고 그대로 살지 확신도 없어서 말이다.

뭔가 나를 한 줄로 설명할 말을 찾게 된다면 좋겠지만, 그 전까지는 그냥 명함 없이 명함에서 벗어나 살아도 되겠다는 생각이었다. 급할 것 없으니까. 후배는 나에게 자기의 새로운 명함을 건네며 이름 앞에 적힌 한 단계 업그레이드 된 낱말에 뿌듯해하고 있었다. 축하해, 라는 말과 더 열심히 해야겠다, 라는 말 중에서 뭐가 더 적절할지 잠시 고민하다가 후자를 택했다. 명함부터 만들라는 그 녀석의 말이 그날 저녁 나를 참 씁쓸하게 만들었다. 일단 명함 만들기. 명함을 만들어 놓고 명함대로 살기. 망망대해에 던지는 낚시처럼 가장 좋은 먹잇감을 낚기 위한 기본적인 도구도 나는 아직 만들지 못한 셈이다.

회사 다닐 때 간혹 명함을 받기는 했지만 그것은 처음 만난 자리에서 의례적으로 이루어지는 일종의 인사 같고 어색함을 메우는 장치 같은 느낌이었다. 버릇처럼 주고받으며 버릇처럼 그들에게 나도 모르는 나를 인식시키고 그렇게 인식되기를 바라는 사람으로 살았던 적도 있다. 십 센티미터도 안 되는 작은 공간에 나열된 숫자와 이름에 목숨을 걸겠다고 정중하게 허리를 굽혀 주고받았지만, 난 용도 이전에 그것에 박혀 있는 내용들이 정말 나를 보여주는지, 그 내용을 보면서 나는 그들을 기억하는지 의문이었다. 그 작은 공간에 나는 이제 무엇을 적어야 할까 생각하며 머리가 복잡해졌다. 집에 있으면서 이런 것들이나 생각해볼 걸, 오랜만에 현실 속으로 다시 들어가려는 두근거림 같은 것이 매연보다 매캐하게 내 안에 퍼지고 있었다. 어쩌면 우리는 직장으로부터 '독립'이라는 단어를 쓰게 되면서부터 명함 만들기에 전전긍긍하지 않나 생각한다.

일단 명함 만들기. 명함을 만들어 놓고 명함대로 살기. 졸업

이후 명함은 성적표처럼 중요하고 간절해졌다. 아니, 성적표는 최소한 나에게 간절하지는 않았는데. 밥벌이 때문에 일단 만들어 놓은 명함이니 밥이나 먹고 살면서 생각해 보겠다는 것인지도 모른다. 내가 가진 명함 중에 과연 명함처럼 살고 있는 사람은 몇이나 될까 생각해 본다.

한 해가 저물고 새로운 날을 준비할 시기가 온다. 직장 다닐 때 연말이면 가장 먼저 하던 일이 명함과 전화번호를 정리하는 일이었다. 처음 만나는 날, 공손하게 인사하며 꼭 기억해 두겠다던 무수한 말들과 마음이 일 년도 채 안 돼서 사라지는 것이 대부분이었다. 그것은 바쁜 생활이라는 조급함에서 비롯된 것이었다. 가장 경제적이고 효율적으로 시간을 정해 놓고 인연의 시작을 알리는 명함을 교환한다. 그리고 두 번째 만남이 이루어지지 않으면 영원히 이별이다. 어떻게 살아남을 것인가?

그냥 이름 하나 달랑 믿고 나가서 마음 없이 시간을 채우다가 지나 버린 시간들. 나는 사실 그 명함 속에 적힌 사람들이 누군지 어떤 자리에서 만났는지 대부분 기억하지 못하고 있었다. 명함에 남아 있는 여백에 그 사람과 만난 메모라도 간단히 해 놓지 않으면 영원히 기억해 내지 못할 수많은 사람 중의 한 사람. 그 한 사람이 나인지도 모른다. 우리는 서로에게 서로를 낭비하며 살아가고 있는 건 아닌지.

차라리 명함은 헤어질 때, 그때 건네기로 하자. 최소한 당신과 당신 앞의 사람이 명함 없이도 서로를 알아볼 만큼의 시간은 준비를 하고 만나야 하지 않을까. 어쩌면 그들이 당신을 기억하는 동안 당신만 그들을 기억하지 못하는지도 모를 일. 누군가에게 무엇이 되는 일. 그 최소한의 예의는 명함을 잘 챙겨 두는 것이 아닌 당신 앞에 나타난 그 사람의 마음을 한 번 더 생각하는 것에 있는지도 모른다.

Turkey,
Istanbul

두 대륙이 만나는 매력적인 도시 이스탄불. 최대 도시지만 수도는 앙카라^{Ankara}다. 이스탄불의 어감이 좋아서 막연하게 그곳으로 정했고 도착하고 보니 역시 여행하기에 안성맞춤이었다. 무엇보다 역사 지구에는 많은 볼거리가 있다. 블루 모스크^{Blue Mosque}를 비롯해 성 소피아 성당^{Hagia Sophia} 등 굳이 말하지 않아도 역사의 흔적이 느껴지는 유적지가 일품이다. 또한 아시아까지는 걸어서도 충분히 넘어갈 수 있는 장점이 있다. 보스포러스^{Bosporus}해협 위로 다리들이 거대하게 펼쳐져 있다. 시원한 페리를 타고 건너는 푸른 해협, 그 위를 나는 수많은 갈매기와 사원에서 들려오는 아잔 소리. 터키 여행의 가장 큰 실수는 이스탄불에 먼저 도착한 것이었다. 그곳에서 오랜 시간을 걷는 동안 광활하고 아름다운 터키의 많은 곳을 놓쳤다는 생각이 들었다. 하지만 생각하면 이스탄불에 터키의 모든 것이 있기도 했으므로 터키는 어딜 가나 이스탄불로 향해야 한다고 믿는다. 유럽 쪽에 서 있던 당신과 아시아 쪽에 서 있던 자신을 만나 보기를.

여행도 생활도 삶도

그냥 그런 생각을 해 봅니다

나쁘지 않으면 좋은 거라고
불행하지 않으면 행복이라고
슬프지 않으면 기쁨이라고
그렇게 생각합니다

대단할 것 없이 기대를 조금 줄이면
만족이 조금 더 가까이 오지요
그 정도입니다

낯선 곳과 그리움은 한몸이다

나는 끝내 부르지 못한 그 단어, 아니 그 말들을 후회한다. 지금 다시 시작해 보라고 해도 절대로 할 수 없을 것 같은 그 단어들을 써 보지도 못한 것을 후회한다.

해가 기우는 시간에는 어김없이 성당에서 종소리가 들렸다. 성당의 종소리는 노을이 지는 하늘을 뚫고 그 속으로 저녁 새들을 몰아넣었다. 그날의 마지막 버스가 어둑어둑한 산비탈을 올라와 사람들을 내려 놓으면 모두 잰걸음으로 사라졌다. 저녁 텅 빈 광장에 개 짖는 소리만 가득하다. 얇은 어둠이 담벼락에 붙으면 초저녁 별이 선명하고, 고요의 깊이가 정체를 드러낸다. 모두가 사라지고 모든 것이 마감되는 그 시간이, 여행자에겐 이르고 야속하다. 아쉬운 마음에 저물어 가는 골목들을 순찰하듯 기웃

거리며 사람들의 흔적을 찾지만, 문을 닫은 휴일의 공원처럼 아무도 보이지 않는다. 이대로 텅 빈 숙소로 돌아가야 하나 잠시 실망에 빠져 쓸쓸한 마음으로 발아래 깔린 풍경을 바라본다. 짧은 겨울의 하루가 에누리 없이 정확하게 흘러간다. 사람 없는 골목에 바람만 빼곡하고, 조지아 시그나기의 하루가 그렇게 서둘러 마감되었다.

꼼꼼하게 닫은 창문 사이로 겨울바람이 우는 소리를 내면 집 전체가 몸살을 앓듯 떨었다. 그것이 익숙하지 않아 애써 볼륨을 높이고 창 너머 먼 풍경을 살폈다. 어둠은 교묘히 풍경을 가리지만 그것을 바라보는 마음은 더욱 굳어졌다. 건넛집 주방에선 저녁을 준비하는 따뜻한 불빛이 수증기에 맺히고, 빨래를 걷는 시간을 놓친 할머니는 굽은 허리 힘겹게 펴며 하나하나 걷는다. 멍하니 마당에 앉았던 고양이가 갑자기 대문 사이로 들이닥친 자동차 불빛에 쫓겨 달아나는 저녁. 모든 풍경이 내 것 같지 않고, 모든 상황이 낯설지만 오래오래 기억하고 싶었다. 누군가에게 그것을 말하고 싶었다. 이 고요한 마을에 대해서, 이 평화로운 외로움에 대해서. 말하는 동안 나는 잠시 평화롭고 따뜻한 사람이 될 수 있을 것 같았다. 어둠이 몰려오기 시작하는 창가에 붙어서 오래 시선을 밝히며 응시했다.

여행자의 발길이 끊긴 지 오래된 이 숙소의 침대에선 묵은내가 났다. 말없이 홀로 비워져 있던 침대에는 곰팡이처럼 무성한

시간이 어둠 속에서 웅크리고 있었다. 차라리 시간의 냄새가 타인의 냄새보다 나은 저녁. 하루 종일 돌아다녔던 신발은 지쳐 있고, 작은 배낭만 유일하게 꼿꼿했다. 이 긴 겨울의 중심에 누군가 다녀갔을 리 만무한 산꼭대기 동네에 나는 무엇을 위해 왔을까? 트빌리시의 커다란 숙소에서 홀로 견디지 못하고, 새로 짐을 꾸리다 주인에게 짐을 맡기고 며칠 다녀오겠다는 약속을 하고 도착한 이곳. 나는 며칠 째 유일한 외국인이자 유일한 여행자였다. 도착하고 보니 여긴 텅 빈 풍경 이외에 아무것도 없다. 유일하게 소통할 수 있는 사람이 숙소의 늙은 주인뿐인 곳에서 시간을 뭉개고 흐느적흐느적하며 단단한 겨울을 파먹고 있다.

어둠이 완연해진 시간, 저녁을 먹자며 늙은 주인이 의자를 빼 주는 자리는 난로에서 가장 가까운 자리였다. 말없이 몇 개의 장작을 더 넣고 빵을 자른다. 떨리는 손으로 정교하게 잼을 바르고 위태롭게 과일을 깎고 와인을 꺼낸다. 지하에 있는 와인 저장고를 설명하고 사진 속의 가족을 설명했다. 주인의 목소리가 멈추면 장작 타는 소리와 음식을 씹는 소리가 전부였다. 고요한 시간은 늘 지루하고 맛이 없다. 금세 대화가 바닥난 우리는 잠시 식탁의 길이만큼 서먹해지기도 했다. 조지아식 조촐한 저녁을 끝낸 후 서둘러 일어나려는데 주인이 낡은 노트 몇 권을 내 손에 들려 주었다. 자신의 아들과 딸이 적은 것들이라며 웃었다. 세상에 신기하기도 하지, 아들과 딸이 아버지에게 쓰는 노트라니. 아

버지, 아들과 딸이라는 간단한 단어를 들었을 뿐인데 마음 한구석이 기운다. 삐걱거리며 계단을 올라와 서늘한 침대 모퉁이에 앉았다.

기대 가득한 마음으로 노트를 펼쳐 보니 여행자들이 남긴 방명록이었다. 방명록에 적힌 숱한 시간의 흔적. 그것을 읽는데 따뜻하고 고마운 주인장에게 감사하는 내용이었다. 두 번이나 방문했다는 어느 일본인 여행자는 주인장을 아버지라 불렀다고 적혀 있었고, 이탈리아의 어느 바닷가에서 온 여행자 역시 그를 아버지라 부른다 했다. 바람이 점점 거세게 창문을 흔드는 밤, 그 노트에서 가장 많은 단어가 엄마, 아빠, 가족이라는 단어였다. 아니 말들이다. 단어라고 하기는 무례한 것 같았다. 우리가 태어나 처음 배우는 단어들이 그 노트에서 반복되고 있었다. 간혹 주인장의 얼굴이나, 거실의 풍경을 그려 놓은 서툰 선들이 따뜻한 깊이로 그어져 있다. 고양이가 담을 넘듯 부드러우면서도 묵직한 뭔가가 마음속으로 훌쩍 넘어왔다. 그 바람에 노트를 바닥에 떨어트렸고 그걸 줍다가 왈칵 눈물이 쏟아졌다. 다 늙은 남자가 바람 심한 겨울 저녁에 벌건 눈으로 침대 모서리에 걸터앉았다. 겨울바람 때문이라는 핑계를 댈 수 없을 만큼 눈물이 자꾸 흘렀다. 보는 이도 없는데 눈물을 없애려고 오늘 봤던 모든 것을 떠올려 봤다. 텅 빈 풍경 속의 기억들은 넓은 지하실의 먹먹한 공명처럼 큰 울림이 되어 더욱 많은 눈물을 만들었다. 어쩌면 저녁이 다가오는 광장에서 노인의 뒷모습을 봤을 때, 아니면 성당 입구 관리실에서 얼굴을 내밀던 노파의 얼굴을 봤을 때부터 눈물이 시작되고 있었을 것이다. 그들에게서 얼핏 어머니의 얼굴을 본 듯하다. 마을 꼭대기 빵을 굽는 할머니 곁에 앉아서 "할머니, 저도 할머니께 빵 굽는 거나 배워서 여기서 오래오래 같이 살까요?" 혼잣말을 하는 나를 보고 내가 놀랐다. 이런 거구나, 이런 거였구나.

생각해 보면 세상 어디를 가도 어머니의 뒷모습이 보였다. 곱게 차려입은 노인이 버스 계단을 오르며 무릎에 손을 짚는 그 순간에도, 국경을 넘는 긴 대열 속에 잠시 앉아 어두워지는 저녁 하늘을 올려다보던 할머니의 옆모습에서도 간혹 발견되었다. 어머니와 상관없는 모든 풍경 속에서도 뜬금없이 발견되었다. 그런 거였다. 그리움은 뜬금없이. 갑작스런 이별은 그렇게 나타나는 거였다. 먼 여행을 떠나 있는 동안 작별의 말도 없이 어머니는 정말 아무 말 없이 떠나 버리시고는 이렇게 문득 바람 부는 겨울 저녁 침대 모서리에도, 노트가 떨어진 마룻바닥 틈새에서도 나타나는 거구나. 살아 계시는 동안에는 한 번도 살갑게 대해 본 적 없는 무뚝뚝한 내가 이렇게 낯선 곳에서 뜬금없는 눈물을 흘리는구나. 세상에서 가장 흔한 말, 사랑한다는 말 한마디, 그 단어를 써 보지 못한 것을 아직도 후회한다.

아무리 멀리 달아나도 항상 붙어 있던 그 말. 어머니, 아버지

혹은 가족이라는 단어를 써 본 지 오래되었다. 늘 가슴속에서 부르거나 타인의 안부 속에나 섞여 나오던 그 단어들을 노트 속 그들은 어떻게 아무렇지 않게 쓸 수가 있을까? 그들도 나처럼 부모님이 모두 안 계시는 걸까? 먼저 다녀간 여행자들은 아버지라 부르고 어머니라 부르는 새로운 가족과 함께 저녁을 만들고, 긴 식탁에 앉아 그날의 일상을 나누었을 것이다. 할 일 없는 그곳에서 그들은 가족 만들기를 했다. 그들도 나처럼 어느 낯선 길 위에서 그렇게 그리운 사람들의 얼굴을 보는 것일까? 세상 어느 곳의 가족. 잠시 가족을 떠나 만나는 새로운 가족. 그 마음이 부러웠다. 내겐 어느 정도 용기가 필요했고 시간이 필요한 단어였으므로, 그 단어가 말이 되어 나오기까지는 연습이 필요하다고 생각했다. 오래전 아버지라는 존재가 사라졌고 여행하는 동안 어머니를 잃은 나로서는 참으로 그립고 부러운 말이었지만, 내 것으로 생각한 적이 없던 탓에 서먹하기만 했다.

늦은 밤, 노크 소리에 긴장하던 나를 착한 아이로 만든 온화한 음성. 커다란 페트병에 뜨거운 물을 가득 채워 내밀던 착한 얼굴. 변변하게 난로 하나 없는 남루한 숙소를 미안해하며 이불 속에 넣고 자라며 갓 지은 밥 위에 피어오르는 수증기처럼 따뜻하게 웃던 얼굴. 돌아서는 뒷모습은 언뜻 누구나의 부모님 같은 각도로 굽어 있었다. 그래서 마음속 어딘가가 휘청거려, 긴 겨울밤 뜨끈한 페트병을 끌어안고 커다란 한숨을 몰아쉬었다. 평범하고 느린 걸음의 주인장 얼굴엔 간간히 거친 주름이 보이고, 투박한 얼굴에 걸쳐진 안경 너머의 눈은 반쯤은 감겨 시력이 더 나빠 보였다. 어디에서나 볼 수 있는 정도의 생김새. 동양이어도 좋고 서양이어도 상관없을 그런 이미지가 꼭 아버지라는 단어를 달고 다녔다. 이름보다 아버지라는 단어가 더 어울릴 것 같은 사람. 참 따뜻한 사람이라고 생각했다. 무심히 장작을 더 넣고 따뜻한 자리를 내 주던 세심한 마음, 남루한 숙소를 자책하며 뜨거운 물을 가져다 주며 밤 인사도 잊지 않는 깊은 음성. 아이에게 세수를 시키듯 세숫물을 확인해 주고, 해가 지기 전에 들어오라 당부하던 그 마음은 아무 데서나 만날 수 없는 것들이었다. 누군가의 잔소리가 눈물처럼 자꾸만 가슴에 맺힐 때, 여행을 멈추고 돌아가야 겠다는 생각이 들던 밤. 오래전 따뜻했던 것들이 자꾸만 등을 밀었다.

할 일 없고 무심한 동네를 언제 떠나야 할지 고민을 하다가, 그해의 마지막 날을 핑계 삼아 번잡한 아침에 얼렁뚱땅 작별 인사를 했다. 광장 귀퉁이에 서서 작은 버스가 사라질 때까지 손을 흔들던 그의 모습을 염치없이 오래도록 바라봤다. 수증기가 창문을 덮고 점점 멀어지는 풍경이 못내 아쉬워도 끝내 아버지라고 불러 드리지 못하는 소심함은 다음이라는 변명으로 돌아앉았다. 낯선 동네의 겨울 저녁, 따뜻한 국 한 그릇 같던 그 마음은 충분히 세상의 모든 아버지가 될 수 있었다.

●

오래 여행자로 살겠다고 다짐하고 나서부터 배낭 안에 들어갈 수 없는 물건은 내가 가져서는 안 될 것으로 생각했다. 하지만 여행에서 돌아와 새롭게 거처를 만들면서 가장 먼저 작은 액자를 하나 샀다. 생활하는 데 필요하지 않지만, 살아가는 데 꼭 필요한 물건이라는 생각이 들었다. 그래서 며칠 발품을 팔아서 심플한 은색 액자를 하나 골랐다. 거기에 낡은 흑백 사진 한 장을 끼웠다. 두꺼운 일기장 속에 오래 끼워져 있던 사진 한 장. 죄스러운 마음에 함부로 꺼내지도 못한 사진 한 장. 바다를 배경으로 한 사진엔 바닷물은 보이지 않았다. 하얗게 탈색되어 날아가 버린 바다 앞에 아직도 선명하게 남아 있는 엄마와 아들의 모습. 지금 내 나이보다 젊은 엄마와 다정하게 손을 잡고 앉은 사진 속에서 바람이 분다. 그날의 내음이 방 안 가득하다. 다시는 돌아갈 수 없고, 연출할 수도 없는 단 한 번의 장면. 엄마와 단둘이 찍은 유일한 사진. 늘 여행을 다니느라 짐을 정리하다가 사라지고 버려진 많은 것들. 멀리 떠나서 가장 먼저 생각나던 사진 한 장. 마음에만 두지 말고 눈앞에 놓고 실컷 봐야겠다고 생각했다.

어쩔 수 없는 이별이라 생각했다. 내 잘못이 아니라 생각하기로 했다. 내가 먼 곳에서 당신을 얼마나 사랑하는지에 대해서, 얼마나 자주 당신을 떠올리려 애썼는지에 대해서 한 번쯤 말하고 싶었다. 그리고 이제는 더 이상 죄책감에 무거운 발걸음을 힘겹게 옮기지 말아야겠다고 생각한다. 어머니는 나의 가장 가까운 마음 깊은 곳에 있다는 것을 알았다. 길 위에서 만난 어떤 얼굴로도 대체할 수 없지만, 그 어떤 얼굴에도 어머니가 있다고 여길 것이다. 액자 속의 어머니를 보면서 길 위에서 만난 많은 얼굴을 생각할 것이다. 그리고 나는 또 그날처럼 여행하듯, 오래오래 빵을 굽는 마음으로 열심히 살아야 할 것이다. 어머니가 나를 위해 살아내던 시간처럼 나의 앞날을 어루만질 것이다. 그렇게 나를 사랑하는 방법으로 기억할 것이다.

어느 날, 낯선 곳에서 주저앉아 일어나지 못하고 먼 곳을 바라보게 될 때, 타국의 언어가 따뜻하게 당신 속에서 발음될 때, 이유 없이 자꾸만 뒤를 돌아보게 될 때, 그곳에 있다. 당신이 사랑하는 사람이 그곳으로 왔다. 어쩌면, 당신이 가장 사랑하는 사람을 가장 먼 곳에서 만날지도 모른다. 그래서 자주 떠나고 싶을지도 모른다.

Georgia,
Sighnaghi

고요하고 고요한 마을. 조지아에서 가장 작은 마을. 조가비처럼 산비탈에 집들이 어깨를 맞대고 있는 시그나기는 수도 트빌리시에서 그리 멀지 않은 곳에 있다. 작은 봉고차로 두어 시간이면 도착할 수 있는 그곳은 붉은 지붕들이 아름다운 산동네. 근처에 온천이 있고 오래된 요새와 조지아 정교가 있고 보드베 수도원Bodbe Monastery이 있다. 무엇보다 그냥 평범한 마을인 이 동네는 자연 경관이 뛰어나다. 여행자들이 머물 만한 숙소도 여럿 되는데 정적을 두려워하지 않는 여행자라면 한 번쯤 오래 지내도 좋을 만한 마을이다. 오로지 산책으로만 일관해도 좋을 곳.

공허함의 깊이는 끝이 없고
막막함은 늘 가까운 것

허무의 무게는 알 수 없고
오로지 침묵만 무겁다

나약한 자의 삶이란
늘 이 경계에 있다

길 위에 지은 집

트래킹은 원래 내게 없는 일로 알고 있었다. 히말라야를 몇 번이나 갔지만 나는 그 속으로 들어간 적 없었고 안데스 산맥에서도 마찬가지로 그곳에 오를 마음은 없었다. 누군가 내게 왜 트래킹을 하지 않느냐 물었을 때, 나는 굳이 눈에 훤히 보이는 곳을 숨차게 걸어 들어가야 하냐고, 그냥 바라보는 것만으로도 충분하다고 말하곤 했다. 실제로 그랬다. 눈앞에 그림처럼 펼쳐진 그 거대한 풍광을 보면서 이제껏 단 한 번도 그곳으로 직접 걸어 들어갈 생각을 못했다. 늘 짝사랑은 하고 있었다. 다만, 말하지 못하고 손잡지 못했던 것이다.

그랬던 지난날들이 무색하게 나는 꼬박 닷새 동안 히말라야의 언저리, K2의 높은 봉우리가 보이던 해발 오천 미터가 넘는

곳에 발자국을 남기고 푸른 밤하늘 아래 누웠다. 혼자가 아니어서 가능했다. 직접 걸으면서 다시는 절대로 이런 여행은 하지 않겠다고 마음먹다가 내가 선택한 여행 중 가장 잘한 일이라고 번복하고 있었다. 그렇게 마음은 고산 증세처럼 오락가락했다. 같이 걷게 된 여러 명 중 가장 나이가 많다는 이유로 뒤처지기 싫었고 누군가에게 짐이 되기도 싫었다. 열심히 걸었다. 내가 걸을 수 있는 능력 이상으로 열심히, 속도 조절을 못하는 사람처럼 걸었다. 턱까지 차오르는 숨은 잠깐씩 찾아오는 휴식으로 진정시켰지만, 주변에 펼쳐진 아름다운 풍경에 놀란 가슴은 다스려지지 않았다. 그곳이 파키스탄이든 남극이든 상관없이 나는 괴롭고 아름다운 행군을 멈출 수 없었다. 가파른 설산은 몸으로 걷는 게 아니었다. 풍경이 마음을 종용해 등을 밀었고, 나란히 걷던 여행자들의 거친 숨소리가 나를 끌어당겼다.

새벽 찬바람에 알람 없이 눈을 떴다. 여름이 되어도 추운 산속의 나뭇가지 사이로 매달리는 햇볕은 풍성했고, 그 아래 작은 냇가에서 고양이처럼 세수하며 하루를 시작했다. 등에 진 짐보다 무거운 것은 설산에 반사된 한낮의 찬란한 태양이었다. 그 빛의 투명도는 오로지 그 길을 걷는 사람에게만 내리는 것이었다. 분홍빛으로 노을 지는 설산을 바라보며 그날의 집을 지었고, 얼음 알갱이 같은 별이 뜰 때 저녁을 먹었다.

차가운 공기와 같이 씹히던 것이 있었다. 그것은 따뜻하게 쌓인 오늘의 기억. 곱씹으며 천천히 넘기는 동안 같이 온 여행자들의 눈빛을 보았다. 모두가 각자 일기를 쓰고 있었을 것이다. 고산 증세가 찾아오는 산속 여름 호숫가에는 귀신 같은 겨울바람이 불었다. 우리는 그 시간에 대해서 누구도 반발하지 못하고 괴롭고 아름다운 고통을 이해했다. 누군가 신열을 앓는 소리는 그대로 옮겨져 눕지도 않지도 못하던 길고 긴 밤. 나는 그 모든 아름다움과 고통에 선과 악을 나눌 수 없는 마음으로 공평하게 감사해야 한다고 믿었다. 앞서 가던 후배의 뒷모습과 뒤를 따르던 든든한 발길들. 예전의 생각을 후회하기도 했다. 그저 바라만 봤다면 직접 걷지 않았다면 이런 종류의 감동은 만나지 못했으니까. 땀 흘리며 걷는 발걸음. 걷는 거리만큼의 생각들이 줄지어 따라왔다. 보는 동안 믿지 못할 풍경들이 만져졌다. 트래킹이란 발로 말하고, 눈으로 만지는 것이었다. 그리고 혼자서는 절대로 할 수 없었던 그날들의 대화가 있었다.

매일 밤, 몇 개의 작은 텐트 사이로 바람처럼 정겨운 대화가 흘러 다녔다. 그리고 자주 밖으로 나와 밤하늘을 올려다보았다. 마치 일생에 단 한 번의 밤인 것처럼. 별은 빛나는 것이 아니라 쏟아진다는 것을 그때 알았다. 그것을 본 우리는 밤하늘에 별이 그토록 많은지, 그날 밤에 처음 알았을 것이다. 깜깜한 밤에도 별빛 아래 빛나던 하얀 설산. 많이 자라지 못한 까칠한 풀밭에 누워 오래 바라보던 밤하늘은 자꾸 수렁처럼 깊어만 갔다. 단

하나의 장면만 간직할 수 있다면 그 밤하늘을 가지고 싶다고 생각했다.

트래킹에 나선 여덟 사람은 모두 훈자에서 만난 여행자들이었지만 그때부터 우리는 이웃이었다. 막 신혼인 두 부부가 있었고 그 부부들보다도 나이가 많은 여행자들이었지만 누구나 아이 같았다. 오래된 풍경 앞에서 다 자라지 못한 아이가 되어 밤하늘을 이야기하고 각자의 이야기를 했다. 그 부부들 중 한 커플도 몇 해 전 우리와 같은 각각의 여행자였다고 했다. 시리아의 어느 허름한 게스트 하우스에서 처음 만나 잠시 여행을 같이 했고 이후 따로 여행했다고 했다. 남자가 한국으로 돌아온 어느 날, 먼 이국에서 그리움의 전화가 걸려 온 것을 시작으로 둘은 부부가 되어 새로운 집을 지었다. 함께라는 그들의 증명이 부러웠고 미래의 불안을 둘로 나누어 가졌다는 것이 좋아 보였다. 둘은 아직도 일 년이 넘는 긴 길이 남아 있다고 했으며 언젠가 돌아가는 날, 새로운 보금자리가 생긴다면 모두 초대하겠다고 밝게 웃었다. 아마도 지금 길 위의 텐트보다 큰 집은 아닐 거라 했다. 모두가 약속하겠노라고 같은 눈으로 밤하늘을 올려다봤다. 그것은 남의 이야기였지만 각자의 바람이기도 했다.

백사장의 모래 알갱이처럼 흩어진 별빛 아래 모인 우리는 모두 물거품 같았다. 두꺼비집 같은 작은 모래집 한 채 가지지 못한 가난한 여행자의 밤. 하지만 중요한 것은 세상에서 가장 빛나

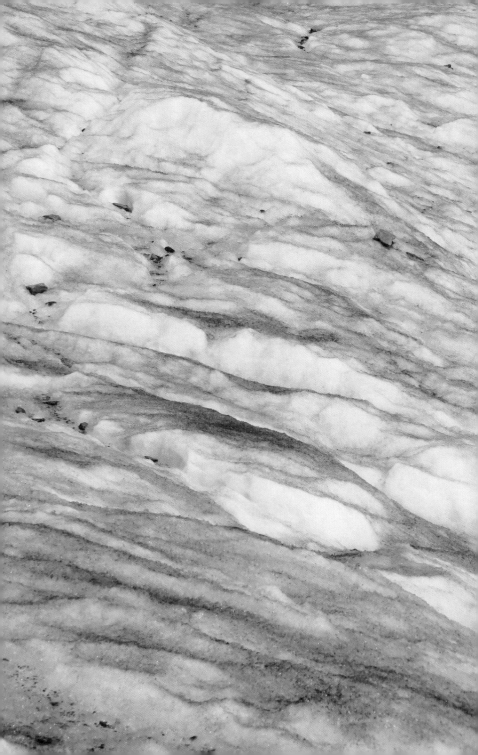

는 별빛 아래에 앉아 있다는 것이다. 자신의 몸 하나 가눌 곳 없는 사람들이 그날 밤 각자가 마음속의 집을 짓고 있었을 것이다. 오래도록 여행자가 되자고 다짐한 이후로 자주 거처를 옮겨 다녔지만 잠시 지구상 어딘가에 이 작은 텐트 하나의 넓이만큼이라도 나의 안식처가 있다면 얼마나 좋을까 하는 생각이 문득 생겨났다. 내가 걸어야 할 미래의 길도 이토록 아름다우면 어찌할 것인가? 그냥 그곳에 주저앉고 싶다면 어쩌란 말인가? 나는 나의 것이 없으므로 세상의 모든 것이 내 것이 될 수도 있을 것이라 믿으며 그 밤을 위로했다. 오래된 불안을 등지고 떠난 여행의 밤하늘이 그토록 찬란한 덕분에 잠시 나의 욕심을 어둠 속에 걸어 두고 오래 눈을 감았다.

·

얼음처럼 단단한 겨울의 중심이다. 무엇을 도모하기에는 안성맞춤의 은밀한 날씨라고 생각했다. 흩어질 수 없는 차가운 온도가 사정없이 휘몰아치던 그 시간은, 밸런타인데이를 하루 앞둔 금요일이라 약속 있는 사람들의 발걸음으로 분주했다. 모든 것이 낯설었다. 그 바쁜 발걸음들도 그리고 추위에도 떨지 않던 달콤한 초콜릿 같은 연인들도. 오랜 시간을 서울에서 보냈지만 어찌 그리 낯설까? "개봉역에 내리시면 사람들이 가장 많이 가는 길로 따라서 나오면 돼요." 참 여행자다운 설명이라 생각하며 일러 준 방향의 반대편에 서서 한참 마을버스를 기다렸다. 그렇게 멍청하게 칼바람을 맞고서 낯선 동네의 밤하늘을 올려다봤다. 비행기가 개봉동의 밤하늘로 다른 세상에서 실어온 굉음을 내며 낮게 날고 있었다. 비행기가 사라진 빌딩 뒤에 김포공항이 있을 거라 짐작했다. 공항과 가까운 곳에 보금자리를 마련했으니 아무래도 떠나고 싶은 마음을 추스르기가 힘들 거라고 상상하면서, 작은 케이크를 샀다. 도착해야 할 시간이 지나도 도착하지 않는 낙오된 여행자를 마중하듯, 염려 가득한 후배가 모퉁이의 가로등처럼 환하게 웃으며 서 있었다. 언제나 낯선 길은 한 번쯤 헤매야 의미가 있다고 너스레를 떨며 인사했다. 새로운 보금자리를 만든다는 것은 한동안 떠나지 않을 거라는 약속 같지만, 그들에겐 여전히 낯선 곳에서 봤던 눈빛이 느껴졌다. 그러고 보면 그들에게 여행이란 어쩌면 선택이 아니라 운명이기도 할 것이라는 생각을 잠시 해 본다. 복잡한 골목 안쪽에 단아하게 꾸며진 보금자리가 따뜻했다. 우리가 지내던 그날의 높은 설산 아래 작은 텐트처럼 작고 아늑한 집이었다. 여행지에서 내가 지내 본 어느 숙소보다 훌륭하다는, 말 같지도 않은 축하 인사를 하며, 나는 집들이의 첫 번째 손님이 되어 다음에 올 여행자들을 기다렸다. 두 개의 방과 작은 거실과 그보다 작은 욕실에는 곳곳의 여행지에서 공수해 온 이야기의 흔적이 많았다. 내가 가 보지 못한 나라

들의 소품들이 그들의 여행처럼 소박한 모습으로 진열되어 있었다. 하나하나 설명하는 동안 그들의 눈이 빛난다. 그것을 만져 보는 나는 가슴이 또 두근거린다. 그리고 이내 들이닥친 여행자가 오래전 그날 설산 아래 환하게 빛나던 그 달빛을 이고 왔다.

"저녁 일곱 시까지, 필요한 것 없으니 그냥 오세요."라는 가난한 약속. 그 약속을 지키는데 여러 번 결심이 있어야 했다. 사실 나는 여행지에서 만났던 사람들을 자주 만나지 않는다. 더군다나 남의 집을 방문하는 일은 거의 없다. 여행 이야기가 시작되면 한동안 그날로 다시 돌아가서 오래도록 돌아오기 힘든 마음이 될 때가 많았기 때문에. 같은 햇볕 아래 같은 바람을 마시고 같은 시간을 보낸 사람들일 경우엔 더욱 그렇다. 짧은 기간이지만 우리는 낯선 길 위에서 만났다는 이유로, 처음 만난 그때부터 이미 절차도 없이 오랜 친구였으므로. 그런 사람들과 여행 이야기를 나누다 보면 자꾸만 가슴이 아득하고 등 뒤에서 바람이 불었다. 바람 같은 사람들이 모여서 피우는 바람은 한겨울에도 따뜻한 열대의 바람으로 느껴져 땀이 나도록 그곳을 앓는다. 그리고 다시 새로운 지도를 그리기 시작한 적이 많기 때문에, 여행자로 여행자를 만나는 일은 내게 즐거운 괴로움이다. 그 가난한 약속 아래 모인 우리는 또 잠시 부유한 마음을 들춘다.

부부는 초대된 세 명의 싱글에게 초콜릿을 내놓으며 초콜릿은 입에도 댈 수 없었던 가난한 시간들에 대해서, 처음 받아 본

행운에 대해서, 실패에 대해서, 아픔에 대해서까지도 남의 이야기하듯 내가 보지 못했던 시간들을 차려준다. 그렇게 덤덤한 여행자는 처음 본다. 자신이 본 것에 대하여, 들은 것에 대하여 느낀 것에 대하여, 아무렇지 않게 어제의 일들을 이야기하듯 자연스럽게 말하는 두 사람. 어쩌면 여행을 다녀온 게 아니라 잠시 외출을 다녀온 것이 아닐까 생각했다. 그것도 혼자가 아닌 둘이서 가까운 동네로 잠시 외출했다가 돌아왔다는 듯이, 새로운 보금자리가 그들에게 전혀 낯설지 않았다. 마치 새로운 숙소에 조금 오래 지낼 거라는 생각으로 들어온 사람처럼 집을 꾸미고 사람들을 초대했다.

"그냥, 긴 신혼여행을 다녀온 기분이지요." 그런 것이다. 그들은 함께했으므로 이상할 일도 아니다. 누군가를 홀로 두고 떠난 여행이 아니니 지금처럼 여행했고 여행하듯 지금을 살 뿐이다. 아마도 젊은 부부의 신혼은 지금부터겠지. 든든한 길 위의 이야기들을 가지고서 지금부터 새로운 출발을 하는 것이다. 두 해 동안 그들이 보냈을 날들은 앞으로 그들이 헤쳐 나갈 시간에 비하면 찰나에 불과하지만 밤하늘의 별들만큼 많은 사연이 죽는 날까지 함께할 것이다. 그들은 여전히 여행에서처럼 자주 싸운다. 아니 이제 싸운다고 하기보다 서로에게 일침을 가한다. 여행 이야기만 나오면 부부여도 여전히 각자가 간직한 각자의 마음은 어쩔 수 없는 것이므로. 여행이란 한 곳에서 같은 곳을 바

라보는 게 아니라 같은 곳을 바라보며 다른 상상을 하는 것이니까. 다만, 둘이라면 그것을 공유할 수 있어서 좋다. 각자가 본 것을 서로에게 나누는 것. 혼자라면 허공에 날아가 버리거나 가슴에 묻고 있어야 할 텐데. 그 이야기를 생생하게 공유할 수 있다는 부러움이 더욱 확실해지는 밤이다. 그날, 나는 길 위의 친구들 덕분에 개봉동의 작은 신혼집에서 인도에서 마셨던 차이를 마셔 볼 수 있었고, 아르헨티나에서 마셨던 뜨거운 와인을 다시 맛볼 수 있었다. 그렇게 깜빡깜빡거리며 지나간 추억을 회상했다. 그것이 좋았다. 각자가 각자를 돌보는데 너무 익숙한 사람들끼리 모여 빤한 이야기를 하면서도 처음 듣는 남의 이야기처럼 귀 기울이던 시간. 여행은 그렇게 멀리 있어도 가깝게 불러 앉힐 수 있는 것. 그것은 경험만이 가능하므로 밤이 깊은 줄 몰랐다.

아쉬운 자리를 털면서 현관에 걸터앉아 신발 끈을 매는데, 곁에 선 부부의 발이 참 든든해 보였다. 비슷한 색깔을 신은 두 사람의 양말이 같은 상자 속의 초콜릿처럼 보기가 좋았다. 오랜 여행이 끝나고 다시 길 위에 집을 지은 것처럼, 또 다른 마음으로 세상을 이어나갈 그들의 삶이 초콜릿처럼 달콤하게 이어지길 바랐다. 얼큰해진 가슴으로 새벽 별빛을 보면서 우리는 또 다음을 약속했다. 우리는 서로가 그 시간 동안 또 각자의 여행을 할 것이다. 우리는 떠나든 떠나지 않든 어떤 종류의 이야기라도 나의 이야기처럼 여겨 한 걸음에 달려가 귀 기울일 것이다. 각자의 지나간 날들에 대해서 그것이 안녕하다는 것을 축하하며 오래 오래 이야기꽃을 피울 것이다. 오늘처럼 확인하고 격려하며 뜨거운 술잔을 나눌 것이다. 그렇게 떠나지 않고도 먼 곳을 여행할 것이다.

Pakistan,
Rush Phari Trekking

보고 싶지 않아도 볼 수밖에 없는 높은 설산은 파키스탄 북쪽의 상징이자 매력이다. 아무 데나 눈길을 돌려도 온통 하늘을 찌를 듯한 거대한 설산과 황량한 황무지가 발견된다. 아무리 트래킹에 관심이 없는 사람이라 할지라도 그곳에 오래 머물다 보면 한번쯤 궁금해진다. 파키스탄 북쪽의 하이라이트. 훈자에서 가장 근사하게 할 수 있는 트래킹 중의 하나. 러시 파리Rush Pari 트래킹은 멀리서 감상할 수밖에 없는 설산 속으로 직접 걸어 들어가는 것이다. 트래킹은 보통 훈자에 있는 여행사를 통해 이루어지는데 4박 5일이 대충 둘러볼 수 있는 보통의 완주 코스라고 생각하면 된다. 물론 코스는 협의하기 나름이므로 그보다 짧게 또는 얼마든지 길게 할 수 있다. 트래킹에 참여하는 사람은 최소한의 짐만 챙기면 된다. 길 안내자와 짐꾼이 가장 안전하고 편리한 동반을 보장하므로 필요한 것은 인내심과 체력 그리고 그 풍경에 놀란 가슴을 진정시킬 자제력이다. 트래킹의 가장 정점은 5,098m의 정상에서 볼 수 있는 K2와 그 주변의 봉우리들이다. 다만, 그 풍경을 보려면 컨디션과 날씨의 운이 따라야 한다. 만약 그곳까지 오르지 못한다 하더라도 트래킹에서 만나게 되는 감동은 얼마든지 많다. 높은 설산 아래로 펼쳐진 산속의 빙하와 평원 그리고 만져질 듯 보이는 히말라야의 장엄한 산들과 고원의 호수. 질리도록 아름다운 빙하 위를 직접 걸어서 얻을 수 있는 모든 풍경. 단언컨대 그곳은 당신이 경험할 수 있는 최고의 희열을 선사할 것이다. 트래킹을 하기에 가장 좋은 시기는 한여름이다. 한여름 밤에도 히말라야의 냉기를 막느라 텐트 안에서 부지런을 떨어야 하지만.

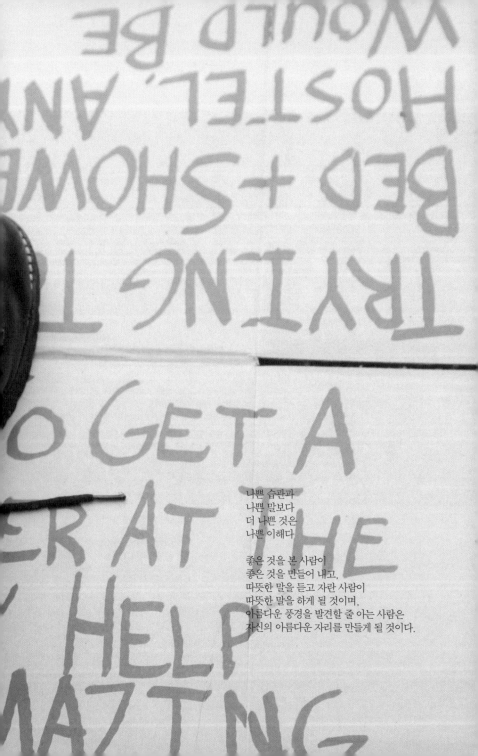

나쁜 습관과
나쁜 말보다
더 나쁜 것은
나쁜 이해다.

좋은 것을 본 사람이
좋은 것을 만들어 내고,
따뜻한 말을 듣고 자란 사람이
따뜻한 말을 하게 될 것이며,
아름다운 풍경을 발견할 줄 아는 사람은
자신의 아름다운 자리를 만들게 될 것이다.

Night

앓기 좋은
밤

불규칙하게 무너진 신전 위로 푸르스름하게 어둠이 내렸고, 때
마침 한 무리의 새가 태양이 사라진 방향으로 날아간다. 새들은
멀리가지 못하고 밤이 되어 하늘에 묻혔다. 손님 없는 술집 앞,
가로등이 밝혀진 넓이만큼 어둠을 피하는 비가 내렸다. 그것이
보기 좋아서 그 술집 앞을 지나칠 수가 없었다. 하늘로 사라진
모든 것에게 묵념하듯 조용히 술을 따른다. 밤새 이 비를 다 맞
고 나면, 신전의 기둥들이 조금씩 자라나서 날이 밝는 순간 다시
로마시대로 변했으면 좋겠다고 생각했다. 안다, 한 번 무너진 모
든 것은 똑같이 복원되지 않는다는 것을. 다만, 더 단순해지거나
더 복잡해질 수는 있겠다. 기울어가던 신전의 기둥들 같은 맥주
잔을 들고 비가 내리는 가로등 불빛에 흔들어 본다. 무너진 기억

들이 거품처럼 알싸하다. 캄캄한 밤에 가로등처럼 선명하다. 툭툭 끊긴 기억들이 어제와 같다. 왜 떠나왔을까? 자책한다. 떠나야 한다고 변명해 본다면, 무너진 내 삶의 한 부분을 복원하기는 아무도 없는 낯선 곳이 좋다고. 오로지 홀로, 혼자 남은 나를 복원하는 시간이 밤이라면 더 좋겠다고 생각했을 뿐.

·

날짜가 바뀌는 시간. 자하문 터널을 빠져나오는 자동차 불빛들이 생일 케이크 폭죽처럼 발랄하게 스친다. 밤의 구멍처럼 환하게 빛나는 터널 앞에서 그 풍경을 보다가, 이 도시에는 더 이상 밤이 없다는 생각을 했다. 불빛에 밤이 사라졌다. 밤의 크기가 빛을 제외한 나머지 부분이라면 빛은 유일한 밤의 증명일 텐데, 이 도시에서는 밤이 그립다. 밤보다 불빛이 더 많다. 쉽게 밤이 오지 않는다. 길 위에서 홀로 보내던 밤들이 촛불처럼 자꾸만 흔들려 이 밤 내 안에서 환하다. 언제나 돌아온 자리에서 생각하는 먼 곳의 기억들은 이상하게도 환한 대낮엔 잘 떠오르지 않았다. 태양을 쫓아 하루를 열심히 소진해야 할 시간엔 먼 곳의 기억들이 살가워지지 않는다. 현실이라는 시간 앞에 추억은 사치였다. 고작 한 끼 식사가 지난날의 추억보다 우선순위에 놓여 있는 생활의 시간에는 좋았던 것을 자주 잊어버렸다. 아니다. 애써 외면했다고 생각한다. 어쩌면 이 도시에서는 뒤를 돌아보는 것이 금지되어 있는지도 모를 일이다. 앞만 보고 달려도 짧은 삶이라, 언제나 밤에도 상향등을 켜고 멀리까지 봐야 안심이다. 많은 사람이 환하게 불을 켜고 잠든 시간. 그래도 지난 시간을 잃기엔 밤이 낫다고 생각했다. 누가 뭐래도 지난날을 근거로 미래를 엮어 가는 것이니, 우리는 해가 뜨기 전에 조금 더 앓아야 한다. 지나간 하루에 대해서 그리고 그 안에서 가장 좋은 것들을 떠올려 꿈을 청해야 한다.

힘을 위한 변명

사표를 내고 여행을 준비 중이라는 일면식도 없는 사람의 메일
에 답장을 보냈다.

Dear, K

도미토리에서 자신의 돈이 없어졌다며 모든 사람을 한 발자
국도 못 움직이게 하던 여자가 있고, 아버지의 지갑을 털어 비행
기 티켓을 산 청년이 있다. 남편의 폭력에 본의 아니게 쫓겨 배
낭을 멘 주부가 있다. 그중에 잘 왔다며 격려해 주는 늙은 여행
자가 있다. 그는 아직 자신이 떠나온 곳으로 돌아갈 날짜를 모른
다. 여권을 버리고 몇 년째 현지인 속에 섞여 지내던 노인은 가
끔 사람 많은 게스트 하우스에 나타나 담배를 얻어 피운다. 침대

시트를 아무리 갈아도 매일 저녁 계속되는 빈대 소동에 노란 머리 청년은 날마다 팬티 바람으로 일광욕을 한다. 창문이 없는 버스를 타고 온 앳된 소녀는 자기보다 큰 배낭을 내려 놓으며 "씨팔, 창문이 없는 버스를 탔더니 허벌나게 덥네요!"라며 군인처럼 걸걸하게 웃는다. 이 년이 넘는 시간 동안 여행하면서 성추행 당한 이야기를 자연스럽게 하는 노처녀가 있고 그것을 흘려듣던 어린 여행자는 "누님도 그게 가능하군요. 좋았겠어요." 하면서도 못 믿는 눈치다. 젊다는 이유로 늙은 여행자를 친구처럼 대하는 청년과 늙었다는 이유로 젊은 여행자를 힘들게 하는 늙은 여행자를 본다. 참견할 가치도 없는 맛의 볶음밥을 맛있게 먹었다며 거짓말하고 나온 식당이 있고, 돈 한 푼 내지 못하게 하는 길거리 찻집이 있다. 이 주인은 매일 놀러와 줬으면 좋겠다는 이상한 소리를 한다. 덜컹거리는 낡은 버스보다 더 늙은 할머니는 자꾸만 외국인이라며 젊은 것을 앉히려 하고, 태어나서 이를 한 번도 닦지 않았을 것 같은 영감님이 당신이 먹던 바나나 반을 남겨 건네는 이상한 버스를 탄다. "이 마을에 수도시설이 들어온 지 겨우 일 년이오. 그래서 예전엔 바람이 심하게 부는 날 아가씨들 뒤를 따라가다 보면 얼굴에 뭔가 탁 하고 스치는 게 있었는데 그게 머릿니였소. 그래도 볼리비아 아가씨들의 땋은 머리를 보면 고향 생각이 많이 나요!"라며 처음 보는 여행자를 잡는 사람도 있다. 한 달 숙박비를 삼십만 원밖에 쓸 수 없다던 어린 학생은

모금함에 그보다 많은 돈을 넣고 웃으며 검지로 입술을 누른다. 할아버지뻘 되는 릭샤왈라에게 사기 치지 말라며 알아듣지도 못하는 언어로 반말을 하는 두 소녀는 덩치가 코끼리만 하다. 소심하게 생긴 남자는 유적지 벽에다 애인의 이름을 과감하게 쓴다. 하트도 그린다. 다시는 야간기차를 못 타겠다던 청년은 열여섯 날 중에 열 번 기차를 탔다고 한다. 담뱃값과 술값만 모아서 떠나온 사람이 조악한 술집에서 골든벨을 울리는 진귀한 풍경을 연출하고, 계산이 안 되는 끝자리의 작은 돈에 벌벌 떨며 정색한다. 커다란 선글라스를 쓰고 두꺼운 마스크를 하며 긴팔에 화려한 챙이 달린 모자를 쓴 아주머니들은 그래도 쌀쌀맞은 남편보다 더운 외국 날씨가 낫다며 잘 견딘다. 아무 이유 없이 손목에 행운의 팔찌를 채워 주며 여행을 잘하라는 아가씨가 있고, 사기꾼들이 줄을 서서 환대하는 여행자들의 거리에는 오늘도 새롭게 입성하는 여행자의 들뜬 모습이 흔하다. 집으로 돌아갈 날을 하루 남기고 다시 비행기 티켓을 알아보러 나갔다가 여권을 잃어버린 소녀는 차라리 됐다며 오래도록 하늘을 올려다본다.

그들은 그래도 여행을 계속할 거라 했다.

·

연락이 되지 않은 휴대전화에 문자를 남긴 택배원은 한 번도 화낸 적이 없는 사람처럼 다소곳하고, 보일러 등유 배달원은 자신의 팔뚝보다 굵은 호스를 끌고 좁은 골목의 비탈길을 올라와서도 웃으며 "경치가 아주 좋네요!"라고 한다. 신용카드를 다 없애고 체크카드에 남은 돈을 확인하며 하루하루 넘기는 백수가 있고, 술값을 월급만큼 내는 샐러리맨이 있다. 번잡한 시장에서 떨어진 배춧잎을 챙겨 가는 할머니가 있고 그것을 담아가라고 검은 봉지를 내미는 주인이 있다. 아무리 많은 곳에 이력서를 넣어도 몇 달째 소식을 듣지 못하고 그저 기다리기만 하는 꿈 많은 청년의 하루는 가볍지 않다. 벨을 눌렀는데 왜 안 세워 주느냐며 핏대를 올리는 고등학생이 있고, 그것을 듣고도 허옇게 웃는 버스 기사가 있으며, 나서지 못하는 여러 사람이 있다. 그런 이상한 버스를 하루도 빠지지 않고 타야 하는 산등성이의 사람들이 있고, 그 버스를 보기 좋게 막아서 삿대질하는 외제차를 탄 사람도 있다. 언제나 뜨끈한 찜질방이 있으며, 어디서나 전화 한 통이면 배달되는 음식점이 넘쳐 난다. 늦은 밤 언제든지 불러낼 수 있는 친구가 있고, 밤의 길이보다 많은 일이 남아 있다. 해가 뜰 때까지 술잔을 기울이며 큰 기와집에 사는 여인 욕할 안줏거리가 있고, 아무렇지 않게 해장하고 출근해서 앉을 책상이 있다. 담뱃값을 아껴 복권을 사는 중년의 일주일은 희망으로 가득하다. 아파트 평수의 절반은 빚인 사람이 빚이 하나도 없는 반지하 단칸방에 사는 사람에게 밥값을 내며, 패스트푸드점에 비치

된 휴지를 챙겨간다. 며칠 못 가서 새로운 기종이 나오겠지만 그래도 한 달쯤은 새로 구입한 휴대전화에 흠집이라도 날까 봐 고이고이 애정을 쏟는다. 이태원에 가서 외국인들을 바라보며 커피라도 한잔 하고 와야 잠이 올 것 같다는 사람은 첫 여행 이후로 십년 째 여행도 못 하고 결혼도 못 했다. 사표를 쓰기 전날이면 항상 다음 달 카드 값이 통보되고, 카드 값을 내고 나면 여행 경비는 다시 사라진다.

그들은 쉽게 떠나지 못할 것이다. 그래도 지금처럼 계속 살아 낼 것이다. 나쁘지 않다.

·

즐거운 여행 계획 잘 하세요! 여행은 계획이 팔십 퍼센트 이상이랍니다. 막상 떠나고 나면 이곳이 곧 그리워질지도 모르는 일이지요. 그렇다면 곧 돌아오세요! 누구도 당신을 막지는 못합니다. 부디 건강하세요! 건강한 눈으로 건강한 마음으로 많은 세상을 보고, 더욱 튼튼해진 발로 앞날을 걷길 바랍니다. 그러기 위해서 자신을 조금 더 사랑하고, 당신을 사랑하는 모든 사람에게 예의를 지키기 위해서라도 굳건하게 걷길 바랍니다. 낯선 길 위에서 넘어지고 상처받더라도 그것을 스스로의 입김으로 잘 보살펴 나아지는 법과 굳은살이 된 자리를 기억하세요! 어느 날, 누군가가

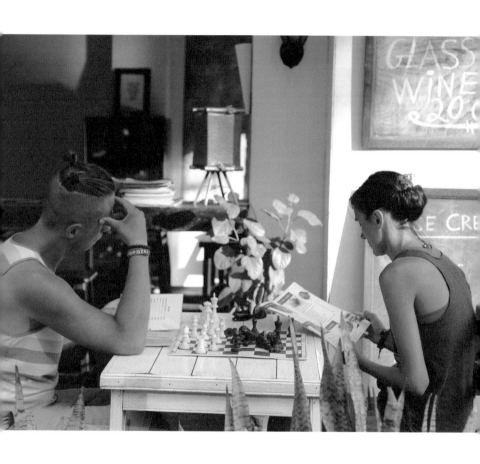

당신에게 그 상처의 자리를 묻는다면 아무렇지 않게 조언할 수 있도록. 그리고 당신은 이미 훌륭한 여행자입니다. 우리는 한 번도 만난 적 없지만, 한 번도 만나지 않게 되더라도 상관없을 여행자입니다.

변종모 드림

일 년 뒤 남미 어디쯤이라는 답장이 왔다. 갈 사람은 가고야 마는 것이다. 처음부터 답장은 필요 없었다. 나도 안다. 큰 결심을 하고 처음 오르는 먼 여행이 주는 감정들을. 누구의 말도, 조언도 자신의 결심을 바꾸지 못하지만 어떤 말이라도 위로가 된다는 것을 말이다. 낯선 버스의 어느 창가 자리에 앉아서 무심히 지나가는 풍경에게 말을 건네듯 어떤 말을 해도 좋다. 모든 것이 내 눈에 보이는대로 말해 주길 바라는 마음. 그 마음을 모르고 간다 해도, 알고 간다 해도 상관없이 떠날 테지만. 여행이란 마음속의 지도가 생기기 시작하는 그 순간부터 온몸에 새로운 핏줄이 생기기 시작하는 것처럼 거센 것이다. 그것은 자신도 막지 못한다. 부디 명쾌하게 떠나서 돌아온 자리를 경쾌하게 지켜내길 바랐다.

그는 페루 어디쯤에서 내가 서 있었던 와카치나Huacachina의 어느 부분을 보았다고, 그것이 좋았다고, 하지만 책에서 읽은 그 별빛의 밤들은 오래 보지 못했다고 했다. 사막 한가운데 누워 있을 용기가 없었고 홀로 떨어져 고민하기는 너무 즐거운 시간이 늘 바람처럼 따라다녔기 때문이라고 명랑하게 써 내려갔다. 나처럼 외롭지 않은 여행이라서 부럽기도 했고 무엇보다 건강한 단어들이 뚜벅뚜벅 소리내며 걷고 있어서 좋았다. 그 메일에 답장은 하지 않았다. 이미 그도 이제 오랜 여행자였으므로.

South America
or
Asia

간혹 어디가 가장 좋았는지 묻기보다 어디를 가야 할지 묻는 사람이 있다. 내가 가고
싶은 곳보다 남들이 다녀온 곳을 기꺼이 자신도 다녀와야 직성이 풀리기 때문인 것 같
다. 나는 여행사 직원도 아니고 여행에 대해서, 특히 지역에 대해서는 잘 알지 못한다
고 말해 주지만. 여행이란 것을 생각할 때 내가 왜 여행을 가야 하는지에 대한 이유가
있을 것이다. 그것이 사람 때문인지 풍경이 그리워서인지 말이다.
풍경이야말로 북중남미를 따라갈 곳이 있을까, 하고 생각한다. 설산과 평원 바다와 초
원 도시와 시골, 거대함과 치밀함에 대해서는 아마도 그곳이 낫지 않을까? 만약 사람
때문이라면 아시아 지역 어디를 가더라도 환하게 웃으며 돌아다닐 수 있다. 유럽이나
아메리카대륙보다는 말이다. 동남아시아, 서남아시아 할 것 없이 소박하게 살아가는
사람들의 따뜻한 마음이 곳곳에서 느껴진다.

내게서 이미 떠난 것을
의심하지 말기
믿고 기다리거나
체념하고
다음을 꿈꿀 것

때론 하루가 너무 짧고
때론 하루가 너무 길다

여행처럼 살아냈을 때와
여행처럼 살아내지 못했을 때가 그렇다

기차는 되돌아가지 않는다

모든 일이 엉킬 때가 있다. 늘 익숙하던 일도 어느 날 갑자기 낯설 때가 있다. 그날도 그랬다. 지하철역을 단거리 선수처럼 빠져나와 마을버스 정류장으로 뛰었건만 야속하게 버스는 떠나 버렸다. 칼바람을 맞으며 아무리 기다려도 마을버스는 오지 않는다. 시계를 보면 겨우 삼 분이 지났을 뿐이다. 지하철 개찰구에서 앞사람이 행동을 조금만 빨리 했어도 버스를 놓치지 않았을 거라 생각하니 더욱 억울하고 추운 밤이다. 십 분 간격으로 도착하는 버스는 이 분이나 초과했는데도 오지 않는다. 그 이 분을 두 해 같이 생각하며 사람들은 저마다 목을 빼고 버스를 기다린다. 간신히 올라탄 버스는 숨 쉴 틈 없이 빽빽하다. 몇 번의 급정거와 급회전을 하고 토해 내듯 내린 마을 입구는 너무 평화로운데, 나

만 어지러운 밤이다. 아무래도 모든 것은 그냥 저절로 되지 않는다. 가로등마저 껌뻑거리며 앞길을 가로막는 밤. 험난한 삶이라고 엄살을 떨며 좁은 골목을 파내듯 꼼꼼히 걷는다. 어두운 불빛을 등지고 대문을 여는데 아무리 열쇠를 맞추어 돌려도 열리지 않는다. 처음에는 열쇠에 문제가 있는지 의심했고, 다음에는 내가 나를 못 믿어 신세 한탄을 하기에 이르렀다. 열쇠가 고장난 것이 내 인생의 어느 한 부분이 고장 난 것처럼 느껴졌다. 온 힘을 다해 굴러 봐야 겨우 옆자리인 발전 없는 인생, 비루한 삶. 왜 자동문을 갖추지 못하고 아직도 성가신 열쇠를 들고 다녀야 하느냐는 쓸데없는 분노. 이 남루한 집에 자동문이 가당키나 하느냐는 적당한 위로. 분노와 위로가 친구가 되면 늘 발전이 없다.

　하는 수 없이 낮은 담을 넘어 대문을 연다. 내 집의 담을 내가 넘는다. 보는 이가 없는지 괜히 두리번거리고, 혹시라도 누군가가 본다면 어쩌나 하는 소심한 생각도 한다. 모든 것이 번거롭다. 그래, 삶은 험난한 게 아니라 번거로운 것이다. 대문을 열어놓고 보니 열쇠 구멍 사이로 겨울의 냉기가 얼어붙어 아예 막혀 버렸다. 마치 시베리아의 어느 벌판에 홀로 선 집에 들어선 것처럼 몸은 굳고 마음만 어지럽다. 호주머니 속의 라이터를 만지며 이 상황을 반성한다. 잠시 침착하게 생각해 봤으면 간단히 해결할 문제였을 텐데, 당장 눈앞의 상황에 분노가 일어 심장은 방금 담을 넘은 도둑처럼 두근거린다. 컴컴한 마당에 우두커니 서서 반쯤 남은 달을 바라보며 원망해 본다. 온종일 잘 지내다가 뭔가 마무리를 잘 못하고 있다는 생각이 들었다.

대충 저녁상을 차리고 홀로 늦은 저녁을 먹는데 갓 지은 밥이 거칠다. 굳이 저녁 초대를 뿌리치고 들어 온 것 자체가 괜한 일이었다. 대접을 하기도 받기도 어색한 사이라는 혼자만의 변명으로 작별 인사를 했다. 약속도 없으면서 급히 다음 약속 장소로 가야 한다고 거짓말을 하고 돌아와 앉은 식탁은 고요하고 적막하다. 불편한 관계의 식사는 혼자 텔레비전을 틀어 놓고 먹는 시간보다 나을 게 없다는 생각을 하다가도, 처음부터 살가운 관계가 어디 있겠는가 하고 그런 어색함을 잠시도 견디지 못하는 내가 점점 이상한 사람이 되어가고 있다는 걱정을 한다.

낯선 여행지에서 만나는 사람과 이곳에서 만나는 낯선 사람의 차이는 뭘까? 그 간격 사이에 타인을 의식하는 자존심과 쓸데없는 배려가 가득 차 있다. 낯선 곳에서 만난 사람들에게는 다음이 없었기 때문에 오히려 정성을 다할 수 있었던 게 아닐까 하는 궁색한 변명. 조용한 집 안이 더 궁색하고 휑하게 보인다.

연말 분위기를 몰아, 텔레비전에서는 그날 최악의 상황과 그해의 최악의 상황에 대해서 정확한 발음을 구사하는 아나운서가 열심히 설명 중이다. 그것을 열심히 경청하며 식사를 한다. 혼자 앉은 식탁의 적막을 유일하게 깨트려 주는 슬픈 시스템이다. 그래도 아나운서와 대화까지 해 가며 활기차게 숟가락질을 한다.

지하철 1호선 어느 구간에선가 아침 출근길에 지하철이 지연되어 큰 혼잡이 있었다는 설명에 이어 어느 시민의 인터뷰가 나왔다. 지하철이 늦어진 데 대한 불만과 더딘 대처 방법에 관한 불평을 빠른 속도로 쏟아 냈다. 할 말이 많았던 그 중년은 국회의원 배지를 달아도 될 만큼 이성적이지 못하고 저돌적이며 공격적이었다. 나도 만약 출근길에 갑자기 인터뷰를 당하면 저렇게 짧은 시간에, 저만큼 많은 양의 분노를 토해 낼 수 있을까 생각하며 숟가락을 마이크처럼 힘 있게 쥐어 본다. 비록 짧은 시간이었지만 많은 사람이 대기하는 승강장에 서서 출근길에 발을 동동 구르던 이들은 얼마나 답답했을까? 아침 출근길에 합류될 일이 없는 나로서는 그 중년의 마음을 알 수 없지만 그들 역시 나처럼 조급증을 달고 사는 사람은 아닐까?

저녁 뉴스에서 다루어야 할 내용 치고는 너무 작은 문제라는 생각을 하면서 뉴스가 끝나기 전에 황급히 식사를 마쳤다. 결국 불편한 자리를 피해 혼자만의 식사 시간을 꾸미려다 여전히 불편한 마음으로 설거지를 한다. 다급한 사람들의 모습과 빠르게 문제 해결을 종용하는 아나운서의 목소리가 개수대에 흘러내리는 찬물처럼 느껴지는 시간이었다. 분명 텔레비전 속의 일인데 급하고 불편하다. 하긴 그 시간대에 아나운서가 읊어 대는 내용 중 불편하지 않은 게 몇 가지나 있던가? 몇 분 되지 않는 지연의 시간에 수많은 사람이 분노하던 그 화면이 오래도록 잊히지

않는다. 먼 과거에 수많은 인파 속에서 나만 불편하던 그 시간이 문득 떠오른다. 한국으로 돌아가면 다시는 그러지 말자고 플랫폼 지붕 위로 뜬 반달을 보며 다짐하던 기억. 그때의 나와 지금의 나는 얼마나 달라졌을까? 그 달의 모양이 수시로 달라지고 있다.

·

푸리는 첫 인도 여행 때 다녀온 이후로 인도에서 내가 좋아하게 된 다섯 손가락 안에 드는 어촌 마을이다. 늘 인도에 가면 그곳을 버릇처럼 가게 된다. 크게 볼 것이 없는 곳이라 상대적으로 여행자 또한 많이 찾지 않는 곳이었다. 그래서 좋았다. 어딜 가나 수많은 인파 때문에 아주 한적한 곳이 그리울 때 그곳이 자주 생각났다. 아직도 남루한 배 한 척에 그물로 고기를 잡는 사람들이 살아가는 그곳은, 십 년 전이나 지금이나 크게 달라지지 않았다. 세상의 속도에 발맞추지 못한 곳이기도 하며, 대부분의 인도가 그렇지만 자신의 속도로 꾸준히 나아가는 곳이기도 하다. 그런 그곳이 편했다. 열악하고 불편한 숙소가 백사장 한가운데 당당하게 버티고 있는 것을 떠올리면 오래오래 머무르며 슬쩍 그곳 사람처럼 살고 싶어진다. 급할 것 없이 느리게 느리게. 그렇게 살고 싶어서 자주 배낭을 메지만, 대부분의 사람은 잘 변하지 않으며 어쩌면 절대로 변하지 않을 수도 있다는 것을 안다. 그것을 내가 나를 보며 느낀다.

오래 바다를 배회하다 남쪽으로 떠나는 날, 조금이라도 그곳에 더 있고 싶어서 늦장을 부리다 기차 시간에 맞춰 급하게 짐을 챙긴다. "시간이 없으니 릭샤를 불러 줘요."라는 요청에 주인은 대답한다. 남쪽으로 가는 기차는 대부분 제 시간에 도착하지 않아! 그렇게 서두를 것 없어! 라고. 인디아 타임이라는 것을 알고는 있지만 성실한 여행자인 나는 나만의 기준 또한 있기에 어떤 방법으로라도 정해진 시간 안에 도착하는 것을 자랑으로 알고 있다. 역시 나는 변하지 않는다.

기다란 플랫폼에 많은 사람이 이미 진을 치고 있었고 나 역시 제시간에 뿌듯하게 합류했다. 인도 어딜 가나 기차역 플랫폼은 그곳이 기차를 기다리는 곳인지 안방인지 구분되지 않을 정도로 많은 사람이 맨땅에 앉거나 누워서 기차를 기다린다. 개들도 옆에 같이 눕거나 심지어 커다란 소들도 어슬렁거릴 때가 있다. 행위예술 같기도 하고 의식 같기도 한 그 광경 자체가 인도다. 모두 그렇게 기다린다. 기차를 타겠다는 의지보다 뙤약볕을 피해서 최대한 편안한 자세를 잡는 것이 더 큰 일인 듯 싶다. 가장 짧은 시간 안에 가장 다양한 계층의 인도를 보려면 기차역으로 나가면 되겠다는 생각은 첫 인도 여행에서나 지금이나 변함이 없다.

기차가 오지 않는다. 수많은 인파 속, 배낭을 두고서 멀리가

지도 못하고 그늘에서 밀려나 기린처럼 목을 빼고 선로만 바라본다. 과일을 파는 사람, 차이를 파는 사람, 구걸하는 아이와 같이 사진을 찍자는 청년들. 누구도 기차에 대해선 말이 없다. "언제쯤 오나요?" 하고 지나가는 역무원에게 물어보면 "글쎄요?" 하며 고개만 갸우뚱거린다. 그렇게 한 시간이 훌쩍 지나고 견디다 못해 배낭을 멨다. 뜨거운 날씨에 배낭을 메고 사람들을 통과한다. 분노에 찬 마음은 쉽게 가라앉지 않고, 건너편 안내소는 멀고도 멀다. 이미 땀에 젖은 배낭은 내려놓을 생각도 없이 안내소 직원에게 표를 내밀며 왜 기차가 오지 않느냐고, 왜 안내방송 한 번 하지 않느냐고 따져 물었다. 커다란 눈망울의 직원은 자신의 가장 큰 매력이 웃음이라는 듯 상냥하게 웃으며 "곧 올 거야!"라며 간단하게 말하고 자기 볼일을 보러 자리를 떴다. 세상에나. 도착해야 할 기차가 한 시간이 넘게 오지 않는데도 그냥 "올 거야."뿐이라니. 게다가 심각하지도 않아! 더군다나 미안해하지도 않아! 이렇게 간단한 대답이라니. 누구에게 하소연을 해야 할지 몰라 올 거라는 말을 그렇게 믿으며 착한 아이처럼 걸어오는 플랫폼은 더 멀고 더 험하게 느껴졌다. 다시 한 시간이 더 지나도 상황은 조금도 달라지지 않았다. 달라진 것이 있다면 내 속의 분노가 더 높아졌다는 것, 착한 아이에서 불만 많은 어른이 되었다는 것. 그 많은 사람은 미동도 없이 더 열심히 자거나 더 느긋하게 군것질을 했다. 기다란 선로에 뜨거운 아지랑이만 피어오르고, 가끔 고양이만 한 쥐들이 선로를 넘나들었다. 저 쥐들을 키워서 타고 가는 것이 차라리 더 빠르겠다는 생각이 들어 다시 배낭을 멨다. 배낭을 메고 사람들로 복잡한 대합실을 빠져나가는 일은 기차를 기다리는 것만큼 힘들었다. 지뢰밭처럼 여기저기 누워 있는 사람들, 표를 구하려고 길게 늘어선 사람들을 커다란 배낭을 메고 통과하기란 여간 힘든 게 아니다. 오로지 목표는 이 불합리한 상황에 분노하고 싸워서 이겨, 기차를 급하게 불러내는 것이다. 팥죽 같은 땀을 흘리며 분노에 찬 얼굴로 다가서는 나를 안내소 직원이 보더니 자리를 피하려 했다. "도대체 기차는 언제 옵니까?" 여전히 커다란 눈망울을 가진 직원은 아까 보이던 자신의 가장 큰 매력을 잃어 버리고 담담하게 말했다. "올 거야! 무슨 문제가 생겼을 거야!"라고. 그래, 오겠지! 그게 언제인지 알고 싶은 거야! 라며 따지고 싶은 순간, 그는 다시 여유로운 매력을 발산하며 말했다. "너는 왜 저 수많은 사람 중에 유일하게 나에게 스트레스를 주니?" 잘못 알아들었나 싶어 정신을 가다듬는데 이번엔 더 천천히 그리고 또박또박 손가락으로 허공을 짚으며 말한다. "기차는 분명 출발했어. 그러니 그 누구도 선로 위의 기차를 돌릴 순 없어! 기차는 절대로 돌아갈 수 없다고! 언젠가는 올 거야! 반드시 오게 될 거라고." 그 말을 듣는데 잘못한 것 없이 뜨끔했고, 이유는 분명한데 더 이상 따지지 못했다.

　　그날 그 플랫폼에 모인 수많은 사람은 일곱 시간 넘게 기다

린 끝에 남쪽으로 가는 기차를 탈 수 있었다. 서서히 철로를 미끄러지는데 차창 밖으로 오래전 사라져 버린 태양의 자리에 반달이 하얗게 떴다. "기차는 돌아갈 수 없어.", "언젠가는 올 거야." 내가 첫 인도 여행에서 경험한 가장 충격적인 말이자 가장 오래 기억에 남는 말이다. 일곱 시간을 아무렇지 않게 기다리던 많은 사람들 역시 경이로워 보였다. 어찌 그럴 수가 있을까? 마치 모두 합심해서 나만 몰래, 일부러 당하게끔 계획한 것이 아닐까 하는 의심마저 들었다. 이후 인도를 여행하는 동안 만난 많은 여행자가 일곱 시간쯤은 아무것도 아니라는 이야기를 종종 했다. 그리고 나 역시 인도를 여행하는 동안 자주 비슷한 경험을 했다.

그들에겐 아무렇지 않은 일이다. 오늘 못 가면 내일 가고, 지금 당장이 아니면 나중이라는 생각으로 언젠가 다가올 기차를 그렇게 기다린다. 그리고 끝내 자신의 목적지에 도착하고 만다. 자신이 결정하지 못하는 일에 대해서 무관심한 건지, 그 역시 신의 뜻에 맡기는 건지 알 수 없는 일이다. 결론적으로 많은 사람 중에 장시간 분노에 찬 사람은 나 하나뿐이었고, 그런 나는 결국 아무렇지 않은 그들과 같은 시간에 기차를 타게 되었다. 낯선 나라에서 내가 살던 방식을 고집하며 계획이 계획대로 되지 않을 때 나는 자주 분노했다. 비단 여행뿐 아니라 세상 모든 것이 계획대로 되는 일이 많지 않음을 알면서도 나는 자주 분노한다. 여행하면서 가장 힘든 일이 그런 나를 발견하는 일이었다. 잘 참지 못한다. 대부분의 사람은 자신이 경험하고 배운 것들에서 비켜가는 것을 잘 참지 못한다. 나 역시 그랬고 내 주위 대부분의 사람들이 그랬다. 그래도 누군가는 잘못된 것을 알려줘야 한다는 생각은 옳다고 믿지만, 나는 여전히 건널목의 삼십 초가 너무 지루하고, 배달원이 올 시간이 되면 시계를 예민하게 노려보고 여전히 과정보다 결과에 민감하다.

내가 살던 곳으로 돌아가면 혼자라도 조금 더 여유롭고 아무렇지 않은 듯 살자고 다짐했다. 그 다짐은 매번 인천공항에 도착하자마자 깨끗하게 사라졌고, 나는 여전히 시간을 재가며 마음을 졸이며 산다. 오늘 반쯤 잘려나간 저 달을 보면서, 반쯤 희미해진 기억을 떠올린다. 내가 경험한 것들을 꺼내 본다. 그리고 보름달처럼 꽉 찬 마음으로 환하게 살자고 다시 한 번 다짐한다. 우리는 태어난 이상 언젠가 끝을 만날 테니까! 조금 늦어도 조금 빨라도 언젠가는 결국 도착하고 말 것이니. 가는 동안 순하고 좋은 마음으로 걷는 일. 마음의 속도를 알고 걷는, 좋은 일.

India,
Puri

푸리는 벵골만을 마주한 어촌 마을이다. 콜카타^{Kolkata}에서 넉넉하게 열 시간이면 도
착할 수 있고 남쪽으로 출발하기도 좋은 한적한 곳이다. 기다란 백사장에 펼쳐진 그들
의 삶은 이른 새벽과 아침과 오후가 확연히 다르게 느껴지기도 한다. 푸리는 파도 소
리 들으며 오두막에서 살아가는 그곳 사람들의 삶을 함께 체험할 수 있는, 인도 속의
인도라고 해도 좋을 만큼 서민들과 여행자들과의 경계가 없는 곳이다. 골목골목 이어
진 작고 낮은 집들과 그 일상이 훤히 다 보이는 높이의 남루한 담벼락은 소박하다 못
해 초라해 보이기까지 하지만 그들의 치열한 삶을 지켜보다 자주 반성하며 걷는 길이
기도 할 것이다. 새벽 출항의 풍경과 오후 입항의 풍경을 지켜보는 일도 그곳의 일상
을 만끽하는 특혜다.
지금의 인도 기차는 대부분 거의 정확한 시간에 도착하므로 시간 엄수는 필수다. 물론
간혹 아주 오래 연착이 되는 경우도 있다고 한다. 인도니까.

신중하게 봐야 한다
소중하게 다뤄야 한다
진중하게 느껴야 한다
엄중하게 판단해야 한다
귀중하게 대접해야 한다

세상에 태어난 어느 것 하나
의미 없이 존재하는 것 없으니
내게 오는 그 어느 것 하나
이유 없는 것 없으니
그것을 중히 여기는 사람
또한 흔하지 않으니

내가 나로서 스스로를 귀하게 여기는 일로
내게 오는 모든 것을
그렇게 만나야 한다

FREE
YOUR
HEAR

인생이 무겁다는 것은
모든 것을 가볍게 여겨서는 안 된다는 뜻
생이 끝나는 마지막 순간까지
남아 있는 것들
함부로 바람에 날리지 않는 것들
쉽게 사라지지 않는 모든 것은
그렇게 무게를 가진 것들이다
쉽고 가벼운 것들은
열광의 대상이 아니다

괜찮을까

여행자의 마음속에는 여러 개의 배낭이 있다.

내가 가장 즐거울 때 떠오르는 배낭. 울적하게 힘이 다 빠져
나간 날 다시 메고 싶어지는 다소 무거운 배낭. 그리고 언제라도
메고 떠날 수 있는 가벼운 배낭. 무수한 의미를 지닌 배낭들을 마
음속에 진열한다. 그리고 떠날 이유가 생길 때면, 그 배낭들을 메
고 가야 할 각자의 장소가 떠오른다. 마음에 맞는 배낭을 등에 밀
착시키고 뛰는 가슴을 배낭끈으로 단단하게 고정하며 한동안 그
곳을 생각한다. 그러면 정말 괜찮아지기도 하니까. 하지만 매번
괜찮다는 보장 없이도 떠나고야 마는 일. 그렇게 모든 것은 또 괜
찮다.

·

사천 개의 섬이 메콩 강에 떠 있는 시판돈. 그중 하나의 섬, 돈뎃에 도착했다. 아무리 섬이 많아도 어느 섬 하나 나를 부르지 않은 이유로, 내가 스스로 그 하나의 섬에 안착해서 누구라도 불러볼까 생각해 본다. 만약 그 누군가를 부른다면 이 섬에 와 본 적 있는 사람이어야 할까? 아니면 전혀 이 섬에 대해서 알지 못하는 사람이 좋을까? 잠시 쓸데없는 고민을 한다. 와 본 적 있는 사람 중에 고르라면 이해심이 많은 사람이어야 할 것이며, 처음 오는 사람이라면 무덤덤하고 무심한 사람이어야 하겠다는 결론을 내고 혼자 잘 견뎌 보자는 다짐을 한다.

내 안에 고요하게 떠 있던 수많은 섬. 그 섬들 중에 내가 다시 가야 할 한 곳. 언젠가 다시 와야 할 이곳. 그렇게 내 안에서 오래도록 나뭇잎처럼 떠 있던 작은 섬에 도착했다. 부처님의 손가락처럼 아스라한 배를 타고 메콩 강의 물결을 가르며 섬에 도착했을 때 잠시 내 안의 어딘가가 휘청거렸다. 전생의 강을 건너듯 다시 찾은 섬. 분명 내가 아는 이 섬은 예전 그대로였으나 섬의 사람들과 그 분위기는 그때와 사뭇 달랐다. 내 발음에 문제가 있어서 배표를 잘못 끊었거나 의도하지 않은 다른 섬에 닿았는지도 모른다고 생각했다. 세월이 가져간 흔적 때문이라고 하기는 너무 낯설었다. 내가 늙어가는 동안 오히려 젊어진 그 섬엔 온종일 멀미처럼 흔들리는 흥분과 섬이 수용하기에 너무 많은

사람이 오고갔다. 즐거워진 그 섬에서 예전의 고요함은 감히 꺼내 놓지도 못할 지경이었다. 고요하게 사천 개의 섬 사이를 떠돌며 흔적 없이 지내다가 갈 생각으로 가벼운 배낭을 선택했던 나는 어느 복잡한 도시에서 잠시 한눈을 파는 사이에 배낭이 바뀐 것처럼 마음이 무거워졌다. 아무래도 괜찮을 것이다. 세월이 감추고 세월이 데려온 그것은 누구도 어쩔 수 없는 일이니까.

제목을 알 수 없는 노래들이 별빛처럼 창문에 부딪히고, 바깥의 소음에 놀란 모기들은 낯설게도 적극적이다. 음악 소리에 맞춰 침대 위를 뛰어 다니며 모기를 쫓는 시간. 잠은 점점 멀어지고 피곤은 당겨 온다. 그 모든 부조화가 한데 엉켜서 진득한 밤이 되었는데 섬에 처음 와 본 사람들은 이 풍경이, 이 어둠이 원래 이런 것이라 믿을 것이다. 그 시간에 가장 흔한 빛이 별빛이었으나 대부분의 사람은 카페 처마에 달린 조악한 반짝이 전구를 더 귀하게 여기며 신나게 흔들어 대는 밤. 억지로라도 눈을 감고 싶었다. 내 인생에 할당된 잠의 양이 있다면 미리 당겨서 다 쓰고 평생을 뜬 눈으로 지내도 좋겠다 싶은 그런 밤이다. 그래도 괜찮을 것 같다. 처음 온 사람들은 괜찮을 것이다. 각자가 각자의 추억을 주워 담아 가장 편리한 방법으로 상기하며 그것이 좋았거나 싫었거나 할 테니. 개인의 추억이란 누구도 설명할 수 없는 것들로 이루어져 있는 것이니까. 그러니까 괜찮다. 괜찮을 것이다. 다행이라면 내가 알던 것과 새로 만난 것을 비교

할 수 있다는 것. 세상 어디를 가더라도 내 마음 속의 상상들이 그대로 기다리고 있는 곳은 없으니, 세상 어느 것 하나 변하지 않는 것 없을 테니. 나의 실망이 그곳을 밀어내는 일보다 새로운 그곳을 새롭게 인식하는 일이 당연한 일이니. 실망이 절망으로 변하지 않도록 서둘러 배낭을 꾸려야 한다. 누구도 오라고 먼저 손 내민 적 없으니, 누구도 먼저 간다고 붙잡는 일 또한 없으리라. 다만, 불편해진 마음을 위로받을 무언가를 생각해 내는 일이 숙제라면 숙제다. 아무래도 괜찮을 곳을 찾아서 그곳에서 위로받고 싶은 밤이다.

·

명동을 지나면서
시애틀의 빌딩숲 어느 건물 뒤편을 생각하고
부산에 갔다가
문득 이스탄불의 바람 부는 항구를 만난다.

조금 싼 역방향 좌석에 앉아서 한강을 벗어날 때
TGV를 타고 파리 시내로 들어가던 덜컹거림을 느낀다.

만두를 푸짐하게 시켜 놓고 혼자서 다 먹을 수 없을 때

조지아 트빌리시의
어느 힝카리(조지아의 만두) 집을 떠올린다.
추위에 떨며 식은 힝카리를 원망하던 시간마저 그립다.

마을버스 정류장에 옹기종기 모여 앉은 할머니들에게서
이란의 어느 시골 할머니들이 서로 해바라기 하던 모습을 본다.

복잡한 전철 안, 자리를 양보하면서 흐뭇하게 웃는 이유는
외국인이니까 꼭 앉아가야 한다던
미얀마의 기차 안에서 만난 누군가가 생각나서다.

좁은 마당을 바라보며 오후의 하늘을 올려다보는데
철커덕 대문이 열리면 이란의 북쪽 아스타라,
국경으로 이어지던 철조망이 나타날 것 같다.
한 달 내내 삼시 세끼 쌀국수만 먹어도 좋으니
치앙마이 뒷골목이었으면 좋겠다고 생각하는 동안
라면물이 기겁하며 끓어오른다.

석유 값이 또 오른다는 전투적인 기사를 대할 때면
뜨거운 사막의 날들이
마음속에서 모래처럼 서걱거린다.

비틀대며 공중화장실의 거울을 보다가
파리의 공원에서 술 취한 붉은 얼굴을 씻어내던 오후를 본다.
길바닥에 떨어진 우표 한 장에 갑자기 눈시울이 붉어져
편지를 붙이지도 못하고 서성이던 이집트의 낡은 우체국.

그곳은 잘 있을까? 그들은 괜찮을까?

괜찮을까?
자주 그곳을 생각해도 괜찮을까?
괜찮을까?
내가 이렇게 두근거리는데 그곳의 그들은 괜찮을까?
괜찮을까?
다시 보자고 인사했던 많은 사람은 아직도 괜찮을까?
괜찮을까?
이렇게 괜찮지 않음이 오래되어도 괜찮을까?
괜찮을까?
내가 봤던 것들과 내가 만난 사람들은 지금도 괜찮을까?
괜찮을까?
여기가 반드시 아니어도 좋고,
그곳이 더 멀리 있다 해도 좋겠지만
이렇게 재채기처럼 숨길 수 없는

그리움을 두고도 마음의 기침을 모르는척 할 수 있을까?
그렇게 괜찮을 수 있을까?

괜찮겠지?
그곳에 다시 갈 수 없다 해도 그곳이 사라졌다 해도
이렇게 내 안이 뜨끈한 걸 보면 나는 한동안 또 괜찮겠지?

괜찮을 거야!
자주 길을 걷다가 골목을 잘못 들어서도,
자주 버스를 잘못 타도
지금까지 한 번도 돌아오지 못한 적 없으니 괜찮을 거야!
만약, 돌아오지 못한다면
어쩌면 그게 행운이라 생각하는 이 마음.
정말 괜찮을까?

Laos,
Sipandon

시판돈은 라오어로 4,000개의 섬이라는 뜻이 있다. 메콩 강 하류에 위치한 이곳은 태국이나 캄보디아를 왕래하는 여행자들이 모이는 길목이다. 그중, 돈뎃Don Det Island은 저렴하고 소박한 분위기의 숙소가 많아서 장기 투숙 여행자들의 성지 같은 곳이다. 지금은 많이 편리해진 그곳의 분위기를 더 좋아하는 사람과 변화한 그곳을 오히려 불편해하는 사람들로 나뉘지만 여전히 그곳은 오지며 시골 느낌이 강하게 난다. 그 작은 섬에서 할 수 있는 다양한 체험거리가 많기 때문에 오래 머물러도 지겹지 않다. 카약을 타고 메콩 강을 따라서 섬을 돌 수 있으며, 메콩 강 하류에 사는 이라와디 돌고래를 볼 수도 있고 온종일 자전거를 타고 섬을 달릴 수도 있다. 근처의 리피 폭포Liphi는 병풍처럼 펼쳐진 계단식 폭포로 우기 때는 장엄함마저 느껴진다. 하지만 무엇보다 돈뎃과 다리 하나로 이어진 돈콘을 오가며 여유롭고 평화로운 산책을 즐기거나 혼자만의 시간을 가지기에 더 없이 좋다. 다만, 빠르게 발전하는 라오스를 생각한다면 그 섬에서 자신과 맞는 숙소를 찾는 일에 얼마나 발품을 파느냐가 중요한 일일 것이다.

여행은
자신을 누리는 게 아니라
자신을 다스리는 것이다

그러므로
우리는 어디서나 주인인 동시에
잠시 스쳐가는 나그네임을 알아야 한다
잠시 스쳐가는 그곳에서마저도
오랜 정성을 들여야

비로소
마음속에 걸려드는 것이 있다

그때부터
시작이다

때로는 거짓말과도 같은 옹졸한 마음

왜 가짜를 써요? 외롭게!

늘 있는 일상도 어느 날 갑자기 낯설게 느껴지는 일. 그것은 세상
의 변화가 아니라 분명 내 안의 변화일 때가 많다.

그 호수에 도착하면 한참 수평선을 바라보며 아득한 끝을 가
늠해 보리라 생각했다. 덜컹거리고 출렁거리던 지난날들이 쏟아
지지 않게 잘 참아냈다고 생각하며 달려가던 길고 긴 칠레를 넘
어, 한적한 국경의 시간 푸른 호수를 상상 속에 품었다. 바릴로
체에 육중한 버스가 도착하던 시간, 오후의 호수가 멀리서 날렵
하게 빛났다. 호수의 빛은 생각보다 짙고 호젓해서 숨어 지내기
에 안성맞춤이라는 기분이 들었다. 하지만 그 생각이 가시기도
전에 파고드는 칼바람에 잠시 정신이 아득해졌다가, 이곳이 이
국의 끝을 향해 달려가는 출발점이 될 수도 있겠다 싶어 숨을 곳

보다는 온전히 몸을 보호할 곳을 찾는 게 더 급해졌다. 그리고 어쩌면 조금 더 빨리 지구의 끝 우수아이아를 향해 이 도시를 떠나게 될지도 모르겠다고 생각했다. 이곳이 아니면 저곳으로, 네가 아니면 그 누구에게라도. 그것이 여행자의 특권이며 내가 할 수 있는 최고의 판단이었다.

멀리서 호수의 빛이 반사되는 언덕 위에서 모든 바람을 맞고 있는 숙소는 세월의 흔적이 비늘처럼 켜켜이 쌓여 있다. 그것은 바람의 흔적이자 낯선 사람들이 만들어낸 익숙한 냄새였다. 누가 보더라도 그곳은 평생 떠나지 못하는 자들의 삶처럼 묵직한 분위기를 자아냈다. 나는 오랜 여행자였지만 그곳에서는 아무것도 모르는 신입생처럼 먼저 온 여행자들의 시선이 반가웠다. 몇몇 여행자가 각기 다른 언어로 주방에서 각자 요리했고, 나머지 여행자들은 내가 걸어 들어왔던 낯선 길을 왁자지껄 나섰다. 처음 보는 불안한 밤을 태연하게 나서는 그들의 모습이 화기애애해서 그날의 모든 것이 가짜처럼 느껴지기도 했다. 같은 여행자면서도 그들은 너무 자연스럽고 편안한데 불안한 눈동자를 가진 사람은 나 혼자인 듯했다. 그 거짓말 같던 시간은 그곳에 머무는 내내 나를 부자연스럽게 만들었다. 대부분의 여행자가 커플이었고 간혹 그렇지 않은 여행자도 있었지만 그들은 모두 살가워 보였다. 마치 단체 여행객들 사이에 끼어 있는 듯 어색한 시간. 눈앞에 보이는 모든 것은 온화한데 나를 파고드는 추위는 당

해낼 자신이 없던 시간. 아무래도 혼자이기 때문이라는 변명이 가장 추웠다. 날마다 바람이 불었고 자주 전등이 흔들렸다. 짙은 바람을 간직한 호수 주위를 제대로 걸어 본 적이 없다. 한낮의 풀밭 위에서 책을 읽거나 산책하는 사람들 사이를 잠시 걸어 보지만 그마저 혼자는 어색한 계절. 성당 옆 초콜릿 가게에서 초콜릿을 고르다가 끝내 고르지 못하고 나서던 휑한 도로 위에서, 버려진 신문지들이 비둘기처럼 햇볕을 뚫고 날아오르는 것을 보자 마음을 추스르기 힘들었다. 누군가를 생각하는 일은 초콜릿을 고르는 일보다 더 여러 마음이 들어서였다. 내 마음만 고려해서는 안 될 것 같아서. 이제 나와 상관없는 너는 왜 홀로인 나를 자유롭게 만들지 못하는가? 날마다 미열이 일어나는 듯했고, 먼 곳의 기억들은 바람처럼 달라붙었다. 여행의 시간이 가장 늘어지던 호수에서의 날들은 모든 것이 거짓말처럼 느리게 진행되고 있다.

그 호수에서 지내는 동안 그런 생각을 자주 했다. 이 지긋지긋한 외투를 벗고 속옷만 입은 채로 따뜻하고 포근한 이불 안에서 오래오래 자고 싶다고. 가능하다면 혼자가 아니었으면 좋겠다고. 그건 아마도 꿈이거나 현재에서 일어날 수 없는 일처럼 느껴지던 화기애애한 그 숙소에서 나는 어쩌지도 못하고 내 앞의 시간을 감당했다. 한밤의 창문은 누군가가 처음 배우는 피리를 불듯이 불안하게 떨리고 있었다. 처음엔 그것이 신경이 쓰여 잠을 자지 못했다. 하지만 이내 그 열악한 환경에서 홀로 잠을 잘 수 있는 사람은 몇 되지 않을 거라는 생각을 하니, 내가 정상적인 사람이구나 싶어 안심했다. 유일한 위로였다.

뜬금없는 유명 브랜드가 조악하게 프린트된 발 매트를 딛고 서서 담배를 피우는데 모든 것이 가짜 같은 느낌이 들었다. 언젠가 가짜 명품 가방을 든 여자에게 어떤 사람이 말하길, 그게 사람들이 가짜라는 것을 알면 부끄럽지 않겠어? 라고 했던 것이 생각이 났다. 차라리 가짜가 부끄러운 것이라면 낫겠다 생각한다. 가짜라도 지니고 싶은 그 마음이 외로움 같았다. 그녀에겐 위로였겠지.

어쩌면 그저 견디려고만 하는 이 길 위의 시간도, 홀로 지낸 지나간 시간도 모든 것이 날조되고 신빙성 없는 시간일지 모른다. 호화스럽고 사치스러운 여행을 꿈꿔 본 적이 없지는 않았다. 하지만 나는 내가 선택한 여행에서 그럴 마음이 없었고, 그럴 형편도 안 됐다. 그냥 검소하고 검소하게 살자고 처분해 버린 집과 그 외의 모든 것을 정리해 버리고 오른 길. 그것을 정리하면서 얼마간 자유와 불안을 반복하며 지낸 세월이 꽤 되었다. 그런데 그것을 잠시 잊어버리고 당장의 불편함이나 끈질긴 외로움 때문에 길 위의 시간을 줄일 수는 없었다. 이깟 불편함이 뭐라고. 이 정도의 외로움은 누구나의 것이라고 자조한다. 조금 더 잘 갖춰진 숙소라면 그런 밤이 오지 않았겠지만 나는 온몸이 떨리던 불

편함이 빨리 끝나는 것에 대한 불안이 더 컸으므로. 누군가가 곁에서 내 곁에서 그러지 말라고 한마디만 했더라면, 말이 끝나기 전에 무너질 그 결심. 그러니까 나는 끝내 외로움과 연대하면서 하루하루 견디며 외로움을 쌓고 있었던 건지도 모른다. 자발적 외로움. 왜 아무도 나를 잡아주지 않을까 생각하다가 너 아니면 아무에게도 잡히지 않겠다는 생각으로 하루하루를 이어가던 시간. 어지간히도 견디기 힘든 호수의 찬바람과 그 바람에 뚫린 공허한 마음의 크기가 점점 확대되던 시절. 그 길 위에서 모든 걸 견뎌내고 나면 다시는 여기에 오지 않으리라 생각했다. 그렇게 여행은 끈질기게 연명을 하듯 계속되었다.

　　　　　　　　　　　　·

간혹 그런 상상을 했다. 이러다가 언젠가는 또다시 얼굴을 마주하는 일이 오겠지? 아니야. 절대로 오지 않을 거야! 하면서도 혹시나 하는 생각. 하지만 무엇이든 단정할 일은 세상에 없다.

　옛 애인이 예약했다고 한 동대문의 호텔로 들어설 때 나는 마치 오래전 여행에서 그랬던 것처럼 온몸에 한기가 돌았다. 겉으로 보면 아무 일 없듯 큰 배낭을 멘 사람처럼 비장했지만 사실은 배낭을 잃어버린 사람처럼 몹시 떨고 있었다. 이런저런 문제를 생각할 때가 아니었다. 돌아와도 여전히 여행에서처럼 외로움이 깊이 박혀 있었기 때문에, 논리대로 생각하고 결정하기엔 불가능했다.

전화가 걸려 왔을 때 오래전 낡은 숙소에서의 시간이 그대로 전해졌다. 너 때문에 멀리 떠났는데 왜 나만 떨고 있어야 하느냐고 협박하고 싶은 속 좁은 밤이었다. 제한적인 시간과 제한적 만남이지만 이런 날이 올 줄 알았다면, 조금 더 근사하고 유연한 생각으로 견뎌냈을 텐데. 그간 당신이 만들어 준 소외는 또 나만의 착각이었다고 변명하며 아무렇지 않게 벨을 눌렀다. 새로 지은 호텔은 모든 것이 새로웠고 우리만 오래되었다. 오래된 것은 지나간 시간뿐이었고 어색한 감정은 오히려 신선했다. 하얀색 시트가 부담스러웠고 반질한 욕실이 그림 같아서 현실적이지 않았다. 혼자가 아닌데도 내가 있을 데가 못 되는 듯 싶었다. 외로움의 문제가 아니라 익숙함의 문제라는 것을 깨달았다. 깊은 듯 얕은 낮잠 같은 서로의 시간이 끝나고 나서 바라보는 동대문의 기왓장은 낱낱이 빛을 받으며 모조품처럼 새것이 되어 있었다. 밤늦은 버스가 그 기왓장들이 뻗은 처마 아래를 묵직하게 지나갔고, 배달을 끝내지 못한 오토바이는 비틀거리며 버스를 추월했다. 오래된 것에는 아무리 단장해도 새 것이 될 수 없는 익숙한 칙칙함이 있다. 많은 사람이 커다란 기와지붕을 바라보지만 누구도 그곳에 가까이 가지 않는 것처럼, 때로 지나간 시간은 그냥 그대로 흘려보내는 것이리. 그 밤에 내가 알던 모든 풍경은

그렇게 낯설었다.

집으로 와도 되는데 왜 굳이 호텔로 불렀고 돌아누운 너에게 물었다. 한참을 말이 없다가 너는 잠꼬대하듯이 말했다. "그래서는 안 될 것 같아서." 어쩌면 이것이 또 마지막이겠구나 싶었다. 그래도 상관없을 것 같은 새벽이 오고 있었다. 늘 너의 곁에는 꾸준히 사랑하는 사람이 있었고 그 이유로 우리는 만날 때마다 늘 마지막일 것이다. 그런 식으로 오래 이어진 거짓말 같은 낡은 시간이 새하얀 시트를 덮고 있었다. 모든 것이 새 것으로 반짝이는데 모든 것이 모조품 같은 새벽이었다. 뜬눈으로 새벽을 기다리는 것은 여전히 쉬운 일이었다. 꿈을 꾸지 않는 것보다 쉬운 일이었다.

나는 너의 꿈을 자주 꾼다고 말했다. 그게 얼마만큼 자주인지는 모르겠지만 외로울 정도로 자주 꾼다고 말했다. 꿈을 자주 꾸면 자주 꿀수록 외로웠다고 머리가 나쁜 사람처럼 말했다. 멋있지도 않고 설득력도 없이 들려서 내가 뱉은 말이 부끄러웠다. 그냥 "가끔 이렇게도 괜찮아."라고 남자답게 이야기 못 하는 미성숙함은 너뿐 아니라 나에게조차 이해되지 않았다.

어느 날, 너도 내 꿈을 꾸게 된다면 꿈속에서 깨어나고 싶지 않을지 묻고 싶었다. 묻고 싶은 말을 꺼내지도 못했는데 너는 말했다. "함께 있다고 외롭지 않을 거란 생각은 조금도 하지 마." 그 말이 왜 그리 화끈거렸을까? 그 말을 하는 너는 왜 그리 고집스

러워 보였을까? 함께 있다고 외롭지 않을 리가 있나? 같은 곳을
바라본다고 같은 것을 느낄 리가 있나? 그래, 그렇다고 생각하고
어느 정도 자신을 속이는 것마저 아름답다고 생각하며 어색한
어깨동무도 참을 줄 아는 것이 어른이다. 모든 것은 자신만 안
다. 새하얀 시트 속에서 내 손을 잡은 네가 외로운지 슬픈지 나
는 모른다. 내가 너를 사랑하는 만큼 너도 나를 사랑하는지 나는
모른다. 나의 마음만 중요할 뿐이다.

  교통 체증이 사라진 오전의 도로 위에서 급하게 너를 보낸
그 시간, 여전히 영하의 추위였다. 검은 아스팔트가 깊고 푸른
그날의 호수처럼 차가웠고 눈물처럼 반짝거렸다. 겨울은 원래
그런 것이었다. 아무리 따뜻한 집을 가졌더라도 겨울은 추운 것
이었다. 집으로 돌아오는 버스 안에서 나는 깜박깜박 졸기도 했
다. 버스 문이 열릴 때마다 정신을 차려 보려 애썼지만 먼 나라
에서 긴 여행을 하고 돌아온 것처럼 자꾸만 졸렸다. 내 것을 가
지지 못하는 억울함과 가짜라도 다정했던 시간들이 남의 꿈 이
야기처럼 엉켜서 하마터면 내릴 때를 지나칠 뻔했다. 나의 자발
적 외로움이 너 때문이라면 너 때문이겠지만 너는 나를 외롭게
만든 적은 없다. 오히려 이별이라는 선물로 기회를 준 것이라면
준 것이다. 다만, 이런 뜬금없는 만남에 잠시 가짜 같은 나의 욕
심이 외로운 것이지. 모든 것은 상황이 아니라 마음이다. 지나간
시간 앞에 당당하지 못한 허약과 희망 없는 걸음이 조금씩 힘과

보폭을 늘려 당당해지기를 바라는 마음만이 유일한 변명이다. 겨울은 원래 추운 것이 아니다. 홀로인 겨울이 추운 것이다. 사람들이 버스의 붉은 벨을 누를 때마다 모든 게 들킨 기분이 들어 마음이 뻘겠다. 어쨌든 나는 내려야 할 곳을 잊지 않았다. 그거면 됐다.

　여행에서 받아들인 모든 감정이 나를 든든하게 지켜줄 줄 알았다. 낯선 곳에서 긁히고 상처 나고 그러다 굳은살이 생겨나면서 튼튼해질 줄 알았다. 하지만 끝내 안 되는 것은 안 되는 일로 남는 것 또한 알았다. 잠시 따뜻한 불빛을 쫓아 들어간다고 해도 내 집이 될 수 없는 곳이 허다한 것처럼. 외로움이란 길 위에서나 생활에서나 살아가는 동안 누구나 끝까지 동반해야 할 가장 나와 가까운 감정이었다는 것을. 그래서 우리는 외롭다 말해서는 안 된다는 것을 알았다. 결국 아무도 거둬 줄 수 없다는 것을 처음부터 우리는 알고 있었다. 내가 다시 배낭을 메는 이유가 최소한 너 때문이라는 변명은 이제 없어야 할 것이다. 나도 나를 위해 살 뿐이다. 너처럼.

•

Argentina,
San Carlos de Bariloche

•

남미의 스위스라고 불리는 바릴로체는 호수의 도시며 초콜릿의 도시다. 바릴로체라는 이름만 들어도 달콤한 향기가 느껴지는 곳으로 수많은 연인의 허니문 장소로 또는 세련된 젊은 여행자들의 성지로 여겨질 만큼 사랑스러운 곳이다. 호수 주변으로 병풍처럼 둘러싸인 높은 산과 그림같이 아름다운 건물들. 디즈니 만화영화 〈밤비〉의 배경이었다는 이 동화 같은 마을은 칠레 남부 국경에서 쉽게 닿을 수 있는 곳이다. 그곳에 처음 도착하게 된다면 분명 유럽의 어디쯤을 연상하게 될 것이다. 스위스 전통가옥이 산허리를 장식하고 있고 시가지 곳곳에 있는 건물 하나하나에는 유럽의 아름다움이 깊이 들어와 있다. 길거리에 즐비하게 들어선 초콜릿 가게와 밝은 사람들의 모습에 홀로 여행하다 보면 소외감마저 들 정도다. 여유가 된다면 오래 머물면서 호수를 걸어도 좋고 한적한 시내 곳곳을 돌아다니며 아름다운 건물들 속에서 시간을 보내도 좋다. 그리고 이 도시의 모든 풍경이 한눈에 내려다보이는 캄파나리오언덕Cerro Campanario에 올라보면 왜 그곳이 남미의 스위스라고 불리는지 누구나 알 수 있다. 발아래 모든 풍경이 입체적으로 당신을 압도하는 동안 새로운 개념의 아름다움을 알게 될 것이다. 그리고 바릴로체에서 빙하와 호수의 도시 엘 칼라파테El Calafate로 가는 버스를 꼭 타보라고 권하고 싶다. 그나마 지금은 길이 좋아져서 30시간 정도면 충분한 아름다운 버스 여행. 길고 긴 고속도로 루타 40Ruta40을 꼭 달려 보길.

꿈

부를 때마다
망설임 없이 오는 게 잠이라면
얼마나 좋을까?

매번
그 속에서
너를 만난다면
얼마나 좋을까?

꿈을 꾼 것이 현실이 된다면
또 얼마나 좋을까?

악몽이라도
네가 있다면
얼마나 좋을까?

부를수록
달아나는 게 어디 잠뿐인가?

내가 사랑하는
대부분의 것이
그렇게 쉽지 않다

부재

다 있는데
너만 없는 것
내가 너처럼
끈질기게 살아내지 못하는 이유가
거기에 있었다

다 안다고 생각했는데
결국 너만 몰랐던 것
너 없다고 세상도 다 없다

허공이다
백치다
온통 증명되지 않는
명제다

때가 되면 꽃이 피고

혹시라도 지루한 시간이 오면 기차 안에서 열어 보라던 그 봉투
에는 고이 접힌 백 달러짜리 지폐가 있었다. 반딧불이가 꽃잎처
럼 차창으로 날아들었다. 꽃이 다 지고 난 계절에도 꽃처럼 귀한
것들이 내내 따라다니던 그 밤, 달리는 기차 안에서 떠나온 곳
을 생각한다. 보라색 꽃 봉투에 고이 넣은 편지와 심장처럼 벌떡
이는 비상금. 나는 또 누군가에게 걱정거리가 되어 낯선 곳을 떠
돌고 있다. 이번이 마지막이라고 늘 처음처럼 말을 하고 나선 길
위에서 그 마음들이 따라다녔다. 한 번도 배낭을 메지 못한 사람
이 여행하라며 넣어 준 비상식량 같은 편지는 걸음마다 힘을 주
었고 빳빳한 지폐 한 장은 새끼발가락의 상처처럼 따끔거렸다.
안다, 그 마음을. 모를 것이다, 내 심장이 두근거리는 정도를. 그

리고 사소하고 부끄럽다며 넣어 준 보라색 봉투 안의 마음이 내
게 얼마나 힘이 되고 있는지를. 늦은 밤, 숙소를 찾아 가로등도
꿈을 꾸는 그 좁고 긴 골목을 헤매면서 몇 번이나 열어 보고 싶
었던 편지. 매일 밤 일기장을 펼 때마다 한 번씩 발견되던 존재
들. 남편이 출근한 시간에 얼른 청소를 하고 대충 점심을 먹고서
아이를 앞세우며 들른 은행 창구에서 새것으로 바꿔달라고 했을
지폐 한 장. 사치하지 않고 과하지 않은 정중한 여행자가 되겠다
고 다짐한 것은 한 번도 접지 않은 그 지폐 때문이었을 것이다.
피곤하게 잠든 기차 안의 사람들 몰래 봉투를 열고 보이지도 않
는 글자들을 생각했다.

　삶이란 이토록 고마운 것이며 뜨끈한 것이다. 일생의 모든
행복한 순간을 모아도 채 하루가 되지 않을 거라던 어떤 사람의
말을 떠올리며 그 말이 사실이 아니라고 생각했다. 행복한 순간
은 사라지지 않는다. 잃어버리지도 않고 놓칠 수도 없는 것이다.
내 기억 속의 행복한 일들은 내 피를 따라 흐르고, 호흡처럼 떨
어질 수 없는 것이다. 그러므로 당신은 누군가에게 아무리 사소
한 행복을 건넸더라도 그 사람에게는 그 행복이 평생이다. 일생
이 되고야 만다. 그런 것이 행복이다. 먼 곳에 와서야 비로소 알
게 되는 많은 것. 봄이 봄도 아니고 여름이 여름도 아닌, 겨울이
없는 곳에서 오래 떠돈다.

　나도 누군가에게 정성스런 편지 한 줄이고 싶다. 가진 것이

없다고 나눌 줄 몰랐던 시간에 내가 누린 허영과 사치를 낯선 이 곳의 사람들은 알지 못할 것이다. 그런데도 그들은 꼬박꼬박 나에게 머리를 숙이며 깊은 호흡을 두 손에 모아 한 손은 자신의 심장에 한 손은 나의 발등에 올렸다. 건강하고 행복한 여행이 되라고 빌어 주었다. 그렇게 많은 것을 받았다. 그들은 준 적이 없다고 해도 나는 받았으니, 선물이다. 선물은 내가 쓰고 남은 것을 나누는 것이 아니라 내게 가장 중요한 것을 같이 쓰는 것이다. 그들의 호흡이 그랬고 눈빛이 그랬다. 그것을 마음으로 받았다.

하루가 꺾인 자정에 밤안개처럼 소리 없이 기차는 멈췄다. 봇물 터지듯 사람들이 서둘러 빠져나간 자리에서 다시 봉투를 열었다. 호박색 플랫폼 불빛 아래 읽는 편지가 더 없이 따뜻하다. 창밖의 바쁜 걸음을 재촉하는 사람들이 무성영화의 한 장면처럼 느리고 느리다. 울컥, 불빛들이 동그랗게 번진다. 따뜻한 것은 이렇게도 느리고 둥글게 빛이 난다. 너무 긴 여행이 되지 않았으면 좋겠다는 마지막 문장과 함께 다시 배낭을 멨다. 사람이 모두 빠져나간 깊은 동굴 같은 통로를 걷는데 급하지 않다. 때가 많이 묻은 헐렁한 셔츠의 청소부와 비켜가듯 인사를 나눴다. 내 자리 위에 고이 놓아둔 보라색 봉투를 그가 발견했으면 좋겠다고 생각했다. 한 번도 접히지 않은 빳빳한 그 마음이 누군가에게 잠시라도 꽃이 되었으면 하고 바라는 낯선 밤. 플랫폼의 밝은 불빛들이 밤의 해바라기처럼 아름답게 줄지어 서 있다. 나

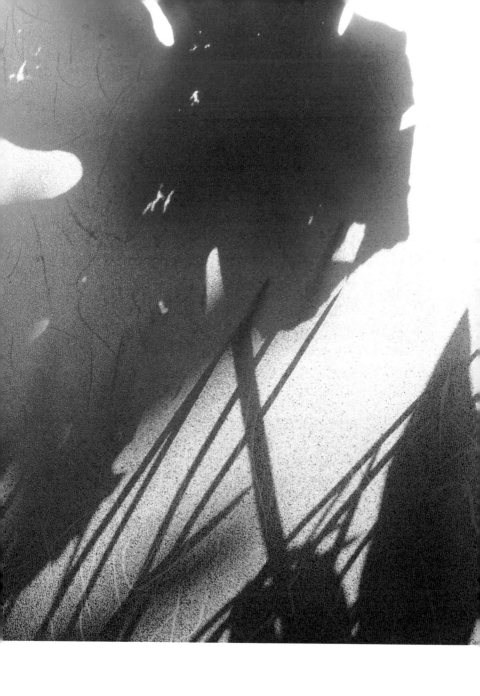

는 그 불빛의 방향을 따라 꽃길을 걷듯 걸을 것이다. 아무래도 쉽게 여행이 끝날 것 같지 않다.

·

성곽의 조명이 꺼진 지 오래다. 손톱달 걸린 밤에도 환하게 살아나던 벚꽃은 검은 실루엣만 남겼고, 저 아래 도시의 불빛들은 꽃잎처럼 반짝인다. 봄이 왔다. 봄이 오고야 말았다. 지긋지긋한 겨울이 끝나고 봄이 왔다. 나를 혹독하게 다루던 겨울은 단호하지도 못하게 몇 번의 지독한 여운을 남기며 끝을 냈다. 그 끝을 살얼음 같은 분홍 꽃잎이 증명한다. 마지막 봄눈처럼 꽃잎이 흩날린다. 굴러가지 못하는 곳까지. 눈송이는 버티지 못하는 시간까지 아름답게 남았다. 부드러운 것이 더 강하다는 말을 새삼 떠올리며 어깨에 내려앉은 여린 꽃잎을 아무렇지 않게 털어 내는 밤. 길고 두꺼운 지난겨울 끝에 받은 얇디얇은 꽃잎 하나가 이렇게 따뜻하다. 착하게 살아야지, 나도 착하게 살아야지, 겨울을 이겨낸 꽃처럼 순하게 살아야지, 나도 순하게 살아야지 다짐하는 밤. 긴장 끝에 풀린 마음이 떨렸다.

긴 겨우내 추운 방 안에서 내뿜던 입김이 지구온난화를 부추겼을 거라는 죄스러운 마음으로 성북동 파출소 앞을 조심스레 지난다. 자정이 넘은 시간, 도시의 분비물을 정화하는 미화원의 유니폼 어느 한 부분이 번쩍 섬광처럼 빛날 때 알아차렸다. 이 아름다운 꽃잎들이 누군가에겐 성가시고 귀찮은 존재가 될 수도 있겠다 싶어서, 봄을 기다린 것은 어느 정도 이기적일 수 있겠다 생각했다.

봄이 오면 꽃잎 같은 술잔에 술이나 따르자던 소설을 쓰는 후배는 봄이 오는 줄도 모르고 밤낮으로 원고지를 파고 있을 것이다. 후배는 어스름한 저녁이면 강아지처럼 쪼르르 달려와서 작은 밥상에 머리를 맞대고 부실한 저녁을 함께 먹었다. 그것이 뜸해지면 조바심이 나서 내가 먼저 찾아가 바람을 넣기도 했지만 며칠째 먹고사는 일로 서로 소식이 뜸하다. 우리는 거의 겨울에 할 일이 없었으므로, 어느 낯선 여행지에서 만난 유일한 친구처럼 살갑게 안부를 주고받았다. 가끔이었지만 그렇게 주고받는 아무것도 아닌 안부들은 나에게 큰 위로였다. 그리고 긴 겨울을 값비싸게 돌아가는 기름 보일러 앞에서 죄인처럼 떨다가 이제야 겨우 훌훌 털어 버리고 찬란한 석방의 봄을 맞이했다. 하지만 정작 봄은 밤에도 지천인데 그것을 보지도 못하고, 한 글자 한 글자 꽃잎처럼 정성스럽게 칸칸을 메워야 겨우 곁눈질이라도 할 삶.

우리는 겨울이 아니라 억울하게 평가받는 물질적인 생활의 테두리에 수감되었는지 모른다. 너나 나나 잘 다니던 직장을 때려치우고 하고 싶은 것을 하고 산다는 이유로, 가장 흔한 것을 제대로 보지 못하고 살 줄 어찌 알았겠는가. 특별하게 살지 않아도 된다고 믿고 그저 남들 눈엔 흔한 것을 나는 귀하게 여기고 살면 되겠다 싶어서 선택한 삶이 내 기준을 흔들어 버리는 때가 잦다. 세상은 공평하지만, 공평에서 밀려난 자들도 있다. 그것을 교훈으로 받들고 모든 삶은 호락호락하지 않다는 것을 안 후에 들이닥치는 가혹함이 섭섭하지는 않았지만, 그 시간을 견디는 나는 긴 겨울처럼 지루하고 쓸쓸했다. 너는 오죽했을까? 가끔 이 까짓 아름다운 밤쯤이야 지구 상 어디에든 흔하다며 노련한 여행자처럼 너를 위로하고 싶었지만 늘 위로받고 사는 것은 나였다. 그래도 이게 어딘가? 우리는 겨울에게 처형당하지 않았고 다음 수감까지는 아름다운 계절이 있다. 이 기회에 그래도 선배인 내가 잘난 척이라도 하려면 막무가내로 원고지를 덮게 해야 할 것이다.

여러 밤을 밝힌 나의 원고가 엮여 겨우 어느 백화점 근사한 가죽소파 옆에 놓이는 대가로, 그달 치 전기세와 수도세를 치르고 나면 쇳내 나는 쓴 술 한 잔쯤은 둘이서 나눠 마실 수 있겠다 싶어서 후배 집을 오른다. 이미 취한 사람처럼 살며시 문을 여는데 후배는 저 아래로 깔린 도시의 고소한 불빛들을 바라보며 동공이 휑하다. 단편소설 몇 편을 끝냈고 그 여운을 달래느라 주인 공처럼 쪼그리고 앉아 길게 연기를 뿜었다. 나보다 술이 더 반가운 후배와 나란히 앉아 시들어 가는 도시에 술을 따른다. 봄이 더 깊어지면 어디 꽃구경이나 가자고 하는 후배에게 이곳에서도

지겹게 발견되는 봄이 버겁다며 술잔을 비웠다. 이 밤에 모든 것이 또렷하다. 가로등에 비친 꽃잎들이 밤 깊은 줄도 모르고 속살까지 훤하다. 한번 시작되고 나니 무지막지하게 들이닥치는 봄. 이 아름다운 봄 앞에서 근심은 죄악이다.

살아질 것이다. 마음먹은 대로 살기 시작했으니 어떻게든 살아질 것이다. 그것이 위태롭든 아슬아슬하든 각자의 방식대로 몸으로 익히고 마음으로 새겨 중심을 잡을 것이다. 여행자여도 여행자가 아니어도 우리는 모두가 이미 출발을 했으니 다가오는 길을 걸을 것이다. 겨울이 아무리 길어도 봄은 오고 꽃은 피니 우리는 어떤 식으로든 살아질 것이다. 후배가 안주처럼 이야기하는 소설 속의 주인공도 화려한 불빛 속에서 사는 사람들은 아니다.

거짓말 같은 소설이지만 그 안의 또다른 진실한 이야기들이 듣기 좋았다. 곧 태어날 봄 같은 글들이 순하게 들려서 좋았다. 사람들은 누구나 자기가 본 것들을 기준으로 앞날을 가늠하며 살아갈 테니 걱정 없겠지 싶었다. 따지고 보면 우리는 한 번도 인생의 겨울을 맞이한 적이 없다. 화려하지 않아도 날마다 피워 올린 수많은 노력이 꽃이 아니라도 열매가 아니더라도 늘 봄 같은 마음이었다. 따뜻한 봄에도 마음을 빼면 아무것도 아닌 것처럼 그렇게 마음으로 가늠하고 사는 세상. 어쩌면 꽃을 닮아야 하는 것이 아니라 씨앗의 속도로 살아야 할지도 모른다.

걱정하지 않는다. 나에겐 길 위에서 가져온 많은 기억이 있고, 한 번도 떠나지 않은 후배에게는 제 자리에서 지구를 몇 바퀴라도 돌아볼 상상 속의 주인공이 아직 여럿 남아 있다.

대낮처럼 환하지 않아도 봄은 계속되고 겨울은 다시 올 것이다. 그래야 삶이니. 다행이라면 다행인 것이 어느 쓸쓸한 날 홀로 남겨진 사무실이 아니라 지척에 마음을 나눌 친구가 있으니 나는 그것으로 든든히 위로하며 걸어 볼 마음이다.

나는 다시 떠날 것이다. 언젠가 다시 또 떠나게 될 것이다. 그리고 어김없이 돌아올 것이다. 돌아온 자리에서 아무렇지 않게 술잔에 꽃잎을 띄우고 다시 건배하자. 우리가 각자 무사히 살아낸 세상을 이야기하면서.

On The Road

더 소개하지 않겠다. 여행자의 길은 정해져 있지 않은 데 의미가 있다. 당신이 당신의 원하는 삶을 살듯 당신이 가고 싶어 했던 곳, 남들이 간다고 같이 줄을 서는 여행이 아닌 자신이 원하는 자신의 여행을 자신있게 선택하는 일. 누군가에게 자랑하고 싶은 여행지가 아닌 스스로에게 자랑하고 싶은 여행을 하는 것. 떠날 수 있는 만큼 떠나고 돌아오고 싶을 때 돌아오는 것이다. 그래도 세상은 크게 달라지지 않는다. 세상이 달라진다 하더라도 그 시간 동안 당신도 많이 달려져 있을 것이므로. 가지 않아도 좋을 것이 여행이며, 간다면 더 좋은 것이 여행이다.

NIGHT

봄밤

누군가 담 너머에서 우는데
그 소리가 아름답다

동백꽃 떨어지는 소리가
낯선 새의 울음을 닮았다
밤의 새들은 울지 못한다

꽃 향기에 취해서 밤을 다 마시고 나면
겨우 첫 울음으로 날개를 편다

이 밤,
후두둑 후두둑 꽃잎 떨구듯
목소리를 잘라내어 붉게 붉게 쌓는다

붉은 동백꽃 쌓인 골목에
바람이 불면 새들의 노래가 날아다닌다

툭툭, 눈물 떨구듯 꽃잎이 진다

그런 봄밤에는
내가 대신 울어도 좋을 일이다

손톱 달

아스라한 저 달

저 달은
마음속에
야무지게 파인
손톱의 흔적

그것을
올려다보는
오늘 밤엔
아픈 사람
참
많겠다

떠난 자만이 돌아 올 수 있다

가라.

당신이 가고 싶으면 가라.

오라.

당신이 오고 싶을 때 오라!

모든 것은 그렇게 당신의 의지다.

다만,

돌아온 자리를 두려워하지 마라.

이미 당신은 많은 것을 보았다.

가장 두려운 것은 처음부터 당신 안에 있었다.

가라.

가서 당신의 그 두려움을 확인하라.

오라.

그 두려움에서 완전히 벗어나지는 못할 것이다.

돌아와서 만나는 두려움에
당신이 경험했던 모든 것을 방패 삼아 여행하듯 살아라.
떠나기 전의 당신과
돌아와서의 당신은 그렇게 다를 것이다.
달라져 있을 것이다.
그곳에서, 그 낯선 곳에서 진심으로 걸었다면 말이다.
가고 오는 것이
그렇게 다르지 않다는 것을 당신은 알게 될 것이다.
떠나도 떠나지 않아도 모든 것은
당신 안에서 작용하는 것들로부터 이루어질 테니.
좋은 것을 기억하고 좋게 실천하는 일만이
돌아온 자의 몫이다.
떠나는 당신에게 언제나 박수를,
돌아오는 당신에게 언제나 뜨거운 포옹을 하겠다.
누군가도 나에게 그랬으므로.
당신도 그것을 알았으면 좋겠다.
떠나는 당신의 뒷모습을 나는 보고 싶다.

2015년 떠나기 좋은 날,
변종모

나의 삶이란
여행과 생활의 경계를 넘나들며
하루하루
여행을 생활처럼
생활을 여행처럼 유혹하는 것

내가
여행에서 데려온 것은
풍경이 아니라

결국,
사람이다.
사람의 시간이다.

그 사람의 시간들을 떠올려 닮아간다.
그 사람들이 떠오를 때,
나는 다시 떠나고 싶어졌다.

걷다 보니 방향이 되었다.
내가 나의 방향을 정할 수 없을 때,
내 곁의 가장 가까운 것을 지표로 삼아 걷는다.
그 지표는 내 안의 것이라 나만 볼 수 있는 것.
그러니 내 안의 가장 가까운 것을 소중히 여겨야 한다.

우리는 누구나 마음이라는 나침반을 가지고 있다.
우리는 누구나 진심이라는 방향을 가지고 있다.
때로는 무작정 걷다 보면 방향이 된다.

그렇게 처음 만나게 되는 것에 내 일생이 걸릴 수도 있다.
우리는 아직 만나 보지 못한 것이 더 많기 때문에.
때로는 무작정 걷다 보면 방향이 된다.

낯선 길을 걸을 때마다
심장으로 자박자박 들어오는 것이 있다.
떠나야 한다.
그래서 떠나야 한다.

떠나도 살고
떠나지 않아도 살아지지만
분명.
그것이 아무것도 아닌 것은 아닐 것이다.

first Paragraph → Intro
Panim

Second Paragraph → Conte
Niss

Third Paragraph → Co
Pag

모든 것은 체험이다.
체험만이 진정한 추억을 선물한다.

산다는 것이 경험인 것처럼
우리가 진정 오래 가질 수 있는 것은
오로지 체험뿐이다.

누구의 말도 누구의 경험도
내 것이 되려는 순간엔
나만의 체험을 거쳐야 하는 것처럼.
검증이나 확인이 아니라
그냥 체험.

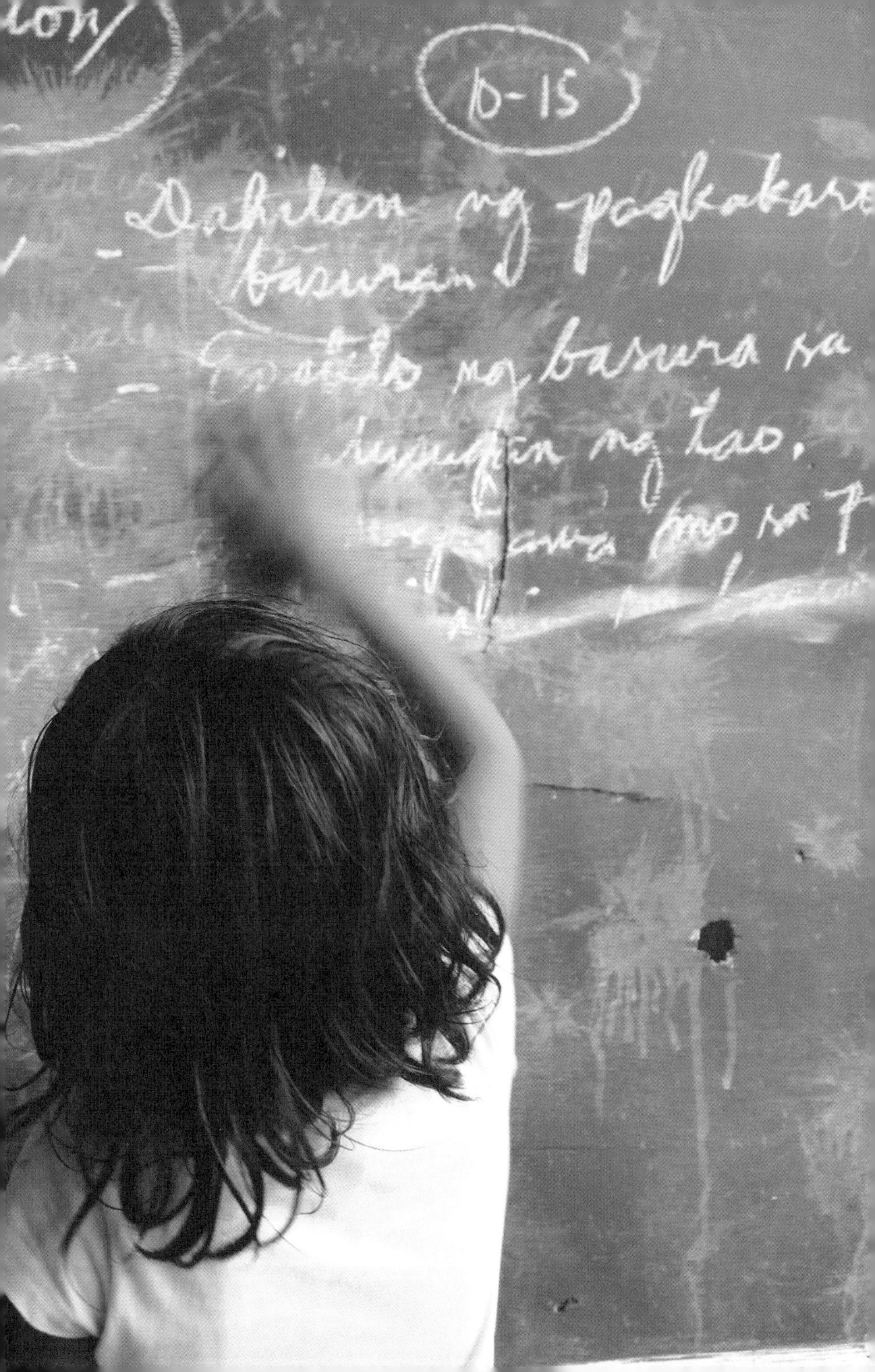
10-15

같은 시간에
우린 어쩌면

© 변종모 2015

2015년 7월 7일 초판 1쇄 발행
2015년 12월 15일 초판 2쇄 발행

지은이 | 변종모
발행인 | 이원주
책임편집 | 이한아
책임마케팅 | 문무현

발행처 | (주)시공사
출판등록 | 1989년 5월 10일(제3-248호)

주소 | 서울 서초구 사임당로 82(우편번호 137-879)
전화 | 편집 (02)2046-2853 · 마케팅 (02)2046-2894
팩스 | 편집 (02)585-1755 · 마케팅 (02)585-1755
홈페이지 | www.sigongsa.com

ISBN 978-89-527-7428-6 03810